U0069650

是

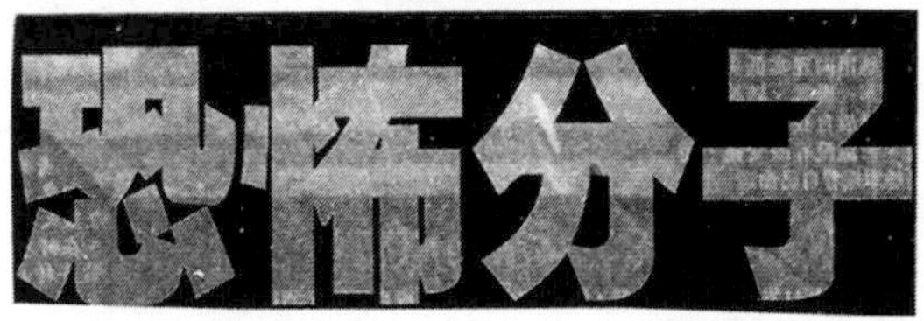

PROFESSOR

TERRORIST

# 逃亡、鬼魅敘事、倒退的時間

## ——序許通元小說《我的老師是恐怖分子》

張光達

許通元的短篇小說集《我的老師是恐怖分子》，內收小說九篇，取了個趣怪的名字作為書名，同時它也是書中第一篇小說的名字。整體上來看，這些小說具有詭譎奇幻的故事，頹靡不羈的文字，愛慾與死亡、感官意象與非理性的況味、古怪乖張的人物關係充斥全書。在種種古怪乖張的人際關係與人物生活情感底下，其中尤以溢出同志正典（homonormativity）的酷兒情慾最引人注目（或側目）。

近年來酷兒研究從空間（衣櫃、身體、地理、疆界）轉向時間的面向，對酷兒與同志研究的學者來說，同志運動的批判性與政治性，已被新自由主義所強調幸福家庭和同性婚姻的單一論述所收編，主流同志都在提倡陽光正面的生活價值，其他處在陰影底下、具有負面的生活情感與情慾感受被同志自身所排斥棄絕。在最近這一波酷兒研究的時間轉向中，學者們強調一種酷兒的「負面」的時間觀，即酷兒時間的斷裂、倒退、落後，與恥辱情感的連結。（Judith Halberstam, Heather Love, Lee Edelman，丁乃非，劉人鵬）對這些學者來說，對抗新自由主義應許未來的強迫性欲望，拒絕主流正典所宣揚的幸福感的同化政治，酷兒或同志論述必須突破這個同志正典的形象，建構另類想像，擁抱負面性的情感和情慾，直抵死亡驅力本身。在許通元的小說裡，我們看到，在全球化資本主義所主導的進步線性時間觀的世界，還徘徊著許多異質存在，如小說中的提到的迷信、神話、傳說、宗教儀式、恐怖分子、非世俗的情慾和情感結構。許通元如何通過這些「負面」價值，被正典話語視為落後封建，或不符合進步時間觀念的生活情慾感受，賦予異質主體能動性，為這些異端存在發聲，讓追求正典同志的現代世界與現實生活，顯得鬼影幢幢、迷離荒誕。小說藉落後衰敗而又撲朔迷離的奇幻神話傳說，細緻鋪陳負面頹靡的異質情慾，發掘當代被自由主義資本主義所棄絕和打壓的他者、邊緣人和被貼上負面標籤的恐怖分子，叩問和反思繁華與頹敗的共生鏡像關係，讓我們看到陽光背面的微陰處，不時閃現親密動人的浮光掠影，而在敘事時間的前後推移、斷裂延遲、重複差異下，小說中一幅幅斑駁漫漶的畫面，顯得捉摸不定，有待考證。這是許通元這部小說文字的迷人之處。

同書名的小說〈我的老師是恐怖分子〉，作為小說集的開卷之作，以長度及內容的複雜度而言，〈我的老師是恐怖分子〉無疑是許通元這部小說集的主力作品。故事中的敘述者決定為自己安排一次逃亡，從新山城市出走，卻巧遇上了分別五年的大學友人「你」，在「你」的盛情邀約下，敘述者跟隨「你」坐上了北上東海岸彭亨州的巴士，在巴士旅途中，展開了一段親密兼曖昧的對話與欲望互動。過後抵達彭亨州，在當地導遊的帶領下，跋涉彭亨河和戈松山，遊山玩水。敘述者的思緒和感觸，頻頻回首大學生活的舊情往事，透過與「你」的對話和回憶，昔日的同窗也是眼前的嚮導薩風、大學老師也是今日流亡印尼的恐怖分子阿查哈里，這些人物的舊日大學生活往事、人際互動、難忘舊情，逐一浮現。小說籠罩於兩個強烈對比的敘事聲音，一方面當下此刻的敘述者與「你」的對話互動，無論是直截了當，談笑風生，諷刺幽默，或拐彎抹角，充滿了曖昧的意趣和欲望想像；而另一方面，作為敘述對象的「你」，則對敘述者頻頻回首話當年的人事細節，顯得興趣缺缺，表現出一副事不關己的態度，無論是在巴士旅程上或是在山水跋涉中，有意避開敘述者的追問，或對敘述者所發表的論見不置可否，讓小說的敘事情節的來龍去脈，顯得片斷、模糊、似是而非，沒有定論，或有待考證。而在兩人你唱我彈欲言又止的對話交鋒中，唯獨對「天才型」的大學老師阿查哈里成為恐怖分子一事，兩人的談話偶有交集，敘述者把此事件歸咎於政府高等教育學府的行政偏差，留不住人才，薩風也提供了一些阿查哈里追隨印尼回教祈禱團的原因，在回教祈禱團首領阿布峇卡的「誤導」之下，相信回教國貧窮是因為受到西方霸權及非回教徒的影響，甚至還把馬共牽扯上回教國，但「你」對這個複製國家主流話語或官方說法的版本根本不買帳，頻頻打斷敘述者與薩風的說辭，並對薩風所敘說的另一個彭亨州歷史故事——馬來民族英雄督・巴哈曼保衛國土對抗英國統治者的愛國事蹟不以為然。

小說的高潮在第十三和第十五節，第十三節兩人在溪水中玩水，「你」對敘述者做出裸泳的性挑逗之後，留下敘述者一人浸在水中，正在享受森林蟲鳴鳥叫水流聲之際，阿查哈里驟然現身。多年不見的老師兼恐怖分子的出現，令浸在水中的敘述者頓感恐慌，哈哈大笑的阿查哈里說明他並無惡意，僅要求敘述者償還欠他的一個人情，要求他把一枝金蝴蝶型鑰匙送去居住在馬六甲野新的父親家。過後在第十四節敘述者告知「你」這段奇遇，「你」嘲笑敘述者在繪聲繪影，在印尼西爪哇島活動的阿查哈里不可能出現在此，當敘述者掏出褲袋裡的金鑰匙來當作證物，它卻變成了一把普通的鑰匙。第十五節敘述者肚痛上廁所，阿查哈里再度出現敘述者眼前，生氣敘述者把金鑰匙一事告知他人，並希望敘述者這次可以保守秘密，在阿查哈里的念念有詞下，他手中的鑰匙恢復蝴蝶型，還拍動著翅膀，變回之前金光閃閃的原狀，然後他的人在黑暗中消失不見。聽到聲音跑來的「你」看到敘述者裸露下體，遂激起兩人的情慾火花，一觸即發。第十六節敘述者隔天醒來，「你」已不告而別，僅留下一張去吉隆坡和馬六甲的車票。小說第十七節也是最後一節，敘述者來到馬六甲野新的阿查哈里故居，把金鑰匙交給了他的父親胡仙，得知他們家受到警察、記者、陌生人的不斷糾纏，阿查哈里的老婆因承受不住盤問壓力而去世了。離去的敘述者身上只留下山中帶回來的一隻無聲的、普通的馬陸。

以上是這篇小說的故事梗概，當然實際上小說所鋪陳的故事細節要比這複雜許多。作為貫串小說兩位主要角色敘述者與「你」的重要人物阿查哈里，眾人口中的回教祈禱團成員的恐怖分子，他來去無風，在黑暗中出沒，也在黑暗中隱沒，能夠把一把普通的鑰匙變成拍動翅膀的金鑰匙，他究竟是人是鬼，是基本教義派的恐怖分子，還是替天行道的英雄？他對敘述者的恐慌作出安撫，他把敘述者視為馬來西亞國族的一分子，無疑是對國家政權種族政策的當頭一棒。故事的結尾也頗費人猜疑，在一夜激情過後，「你」不告而別的離去，留下的車票，種種蛛絲馬跡，彷彿在暗示「你」也參與其中，一切都是設計好的，然而之前與敘述者的互動對話，又似乎「你」其實並不知情，也有可能是「你」故布疑陣，擾人耳目。敘述者與「你」一段曖昧游移的情愫，欲望想像，似有若無，因此與阿哈查里的恐怖分子身份，其可疑詭譎的神出鬼沒，亦真亦假的存在，可資對照。兩者同樣令人無從確認，孰真孰假，種種線索模棱兩可，留給讀者一道謎團，自行體會。

徘徊在過往的回憶，山水的迷夜裡，面對這個撲朔迷離的故事和結局，固足以引人入勝，興味盎然。但我以為〈我的老師是恐怖分子〉別有懷抱，許通元小說的魔幻寫實色彩，似真似幻，書寫馬來西亞本土現實素材，經營奇幻傳說的鬼魅（歌德？）敘事，在他之前的兩本小說集《雙鎮記》和《埋葬山蛭》已有精彩的表現和佳績。相對之下，許通元這篇小說的野心更大，企圖另闢蹊徑，突破舊有的創作方式，除了神話傳說的魔幻色彩，還調動了人文地理、歷史記憶、飲食文學、旅遊文學、鬼話、同性情慾諸多文類的元素，堪稱琳瑯滿目、別顯洞天。對馬華小說的在地書寫或馬來西亞華語語系感興趣的讀者，大可緣此追溯這篇小說中的地方誌、本土飲食、各族群的多元文化、揉雜的華語，而有所比附。政府的偏差政策、種族主義、貧富不均、基本教義派、宗教極端分子、殘暴野蠻的恐怖分子、國家機器對人民的箝制、欲望與死亡驅力、懸念……等題旨，在許通元這篇小說角色的對話與回憶裡，欲言又止，不說還休，總是幽幽浮沉於他的字裡行間，成為百難紓解的負擔。政治現實的無從紓解，未來也看不到出路，與國家主流話語所宣稱的未來發展大藍圖，及追求進步線性時間承諾幸福生活的××宏願，實在相去甚遠。前方既看不到任何出路，當下此刻也充滿了重重懸念，小說的敘事時間因此頻頻倒退後顧，經由當事人事前事後的心路歷程與生活感受，來再現或重述創傷的原初場景，藉以指認一段生命創痕或精神逃亡的歷史緣由。但如同後結構主義詩學指出的，任何的重述或再現記憶的努力，終究是片斷的、散裂的、吉光片羽的、無法完整被呈現的。面對時間的傷痕，歷史（精神）的裂變，發生的已經發生，未來惘然待解，我們看到無論是小說中的敘事語言或故事情節，從來不是完整連貫、黑白分明的，就連小說所欲召喚的那個原初場景，也模糊莫辨，處處充滿了裂變、斑駁、幽邃詭異的細節和痕迹。

如同小說敘述者所體認到的，精神鬥爭之可怕決不亞於任何一種戰爭，精神逃亡之痛苦，也決不亞於任何一位戰爭難民所負荷的。安排逃亡的敘述者，因此恰可與逃亡印尼的回祈團恐怖分子阿查哈里形成對照。前者的精神逃亡起因是個人的情慾創傷，後者的身體流放則是不見容於國家政體。在逃亡的旅途中，兩者都同樣借助於一種倒退斷裂的時間觀，即欲望／情慾／身體的頹廢流連的時間，與非俗世的倫理教義時間，提出對國家所服膺的現代性時間霸權，及承諾幸福家庭虛假意識的質疑和批判。由此來看，在都市文明無法容身的兩造，執意在原始的山林間，梭巡傷痕累累的原初場景，無論是個人非正典的情慾認同，或恐怖分子神出鬼沒令人驚悚的幽暗身影，既為污名又鬼魅般的存在，兩者的異質性詭奇地交織在一起，又在時間的斷裂縫隙間交錯而過，形成了文本性／政治性的辯證結構，在這一點上，小說敘事暗含著對俗世線性時間進步觀的批判，對國家主流話語的虛假承諾的決裂和背棄。一向被國家主流話語所貶抑的非正典欲望，以及恐怖分子非俗世的倫理認同，反倒成為對國家身份認同最基進的質疑。

〈我的老師是恐怖分子〉中敘述者的精神逃亡與阿查哈里的去國流亡，因此可資對比。但要如何進一步表白敘述者的精神逃亡，敘說這一段欲語還休的精神創傷，成為許通元此篇小說的最大挑戰。在書寫的層次上，許通元細緻鋪陳敘述者與「你」的情感交流與情慾想像，也在山林中的最後一夜讓兩位角色得償夙願，成功解決這個原初的「匱缺」（lack）。但如同我們在上文提過的，無論如何調動記憶，重啟回憶，終究只說明了那創傷、那原初場景、那倒退的時間的無法再現。作為敘事遺漏或斷裂的部分，那無法完整再現的再現，因此必須不斷以補遺或增補的面貌重複述說。在下一篇小說〈傳說也跟著逃亡〉，小說作者兼敘述者因此調動更多的傳說神話，編織更多的逃亡理由，最終讓傳說也跟著敘述（者）共同逃亡。〈傳說也跟著逃亡〉，就是類似的嘗試，許通元在這篇小說中盡情發揮他說故事的本事，調動了印度支那（東南亞）的傳說和神話作為敘事的象徵資本，小說的形式設計堪稱有趣，每一節以一則傳說與一個理由交替出現，全篇共四則傳說與四個理由。傳說的部分揉雜了從印度支那到東南亞的歷史、神話故事、民間傳說，構成古王國的逃亡史（敘述與敘述者再次塌陷於倒退的時間），曲折動人；而理由的部分則交代敘述者的精神逃亡，重複／重述了〈我的老師是恐怖分子〉中敘述者的精神逃亡的緣起，有意思的是，整個「B理由」一節幾乎重複了〈我的老師是恐怖分子〉第一節全部的文字，只在一些句子作出稍微的更動，「C理由」一節也是如此，重複了〈我的老師是恐怖分子〉中的一些段落。重複的文字和段落，出現在〈我的老師是恐怖分子〉與〈傳說也跟著逃亡〉兩篇小說裡，換言之，兩篇可形成互文，延展對話和思考的空間和時間，而後者更像是前一篇小說的增補，一個敘述者有兩個（或多個）表述，前者的精神逃亡以出沒原始山林的恐怖分子為參照，後者的精神逃亡以區域古國的逃亡歷史傳說為參照。兩者有所重複，但在重複的文字中有形式的差異，在重複的欲望中有情慾想像的差異，重複構成差異，重複也再現差異。因此這不是一個還原歷史救贖記憶的故事，而是一則歷史斷裂時間倒退的故事。

另外兩篇書寫同性情慾的小說〈懸吊半空的男人〉與〈身上藏隱一股鬼氣〉，也值得注意。〈懸吊半空的男人〉的敘述者與「你」在現實生活中的互動（吃飯、看電影、打掃屋子、共乘機車、洗澡），兩人之間親密對話的情慾試探，到小說結束時在浴室裡的情慾纏綿，敘述者的情慾認同或想像，似乎再度重複（或上演）了〈我的老師是恐怖分子〉的敘事結構，差別在於這一篇的欲望場景發生在當下此刻的現實俗世生活中，在情感結構上缺少了一層可資參差對照的向度。不同的是，〈身上藏隱一股鬼氣〉再向酷兒倒退的時間觀借鏡，寫「你」在多年以後仍對敘述者的情意／情慾念念不忘，衰弱身軀猶死守著敘述者一件多年前的短褲，如信物般的守護著。此作看似黑色幽默，實則更能道出靈肉、神魔或人鬼間的情慾糾纏。「你」對敘述者的禁色之愛／慾，驚世駭俗之餘，讀來仍然令人心有戚戚。這裡的關鍵不在於「你」欲望敘述者的不夠耽溺，而在於「你」欲望敘述者的過分耽溺、至死不悔。當最純粹的愛慾成為一種最敗壞的人性蠱惑，最負面的情感結構形成一種最幸福的終生執念，欲望與身體無孔不入的相互滲透和侵蝕，直抵死亡驅力本身，莫此為甚。一種倒退落後的心理時間，與恥辱情感相連結，其中對欲望／墮落的耽溺與追求，是如此的魅惑感人，也是如此的動魄驚心。

上述提及的幾篇小說，是這部小說集的佳構，也最能見出許通元書寫相關題材的創意才情。在結束這篇序文之前，我倒有另一種看法，許通元作為一個有心的小說家，當然不必隨俗高唱酷兒／酷異口號，但在思考新世紀的酷兒情慾或種種的異質情慾時，若能時時向酷兒的倒退負面的時間觀借鏡，注入情天慾海的裂縫與創痕微陰處，而能賦予這塊土地上的人情事故更複雜的、更異質多聲的面貌和意義，應是他未來創作的目標。

完稿於二〇一七年九月二十九日

# 目次

# 我的老師是恐怖分子

## （一）

在某個特定的時空中，一連串的事物以無可抵擋的速度，捲進現實生活裡。屋友換了新裝般，攜帶新女友回房。無論如何，他沒很興奮的，直接告知。他故意在清晨出門前，吩咐我將兩百馬幣置放在他的梳妝台上。他事先設計好的情節：我會不小心瞥見凌亂梳妝台上，一張情信在正中央攤開，飄散著難聞的香精氣味。

他間接地宣示新女友的出現。從此以後，我必須敏感地關注呼吸的空間，以及自己適合與他共存的空間。對於他，我的存在是否意謂著多餘的角色。或許還沒嚴重到此種地步，尤其他急需馬幣時，會故意的在我房間巡視一圈，察看我躺臥時，自然呼吸的順暢。

電話突然響起。遠赴愛爾蘭的舊情人，打電話探問他在何方，為何手機很長時間沒人接聽，是否換了電話號碼。我似接線生，對答如流地說他剛出國工作……電話沒螢幕，我難以觀察她在冰寒雪地的表情。耳畔傳來，恩雅唱著〈我如何持續著歌唱〉的淡淡悲愁。她自愛爾蘭特地寄給我的數碼光碟。客廳的家庭劇院影視器材正感傷地播放與恩雅繞樑的嗓聲不配搭的畫面。驀然間我悲由心生，為此多情人傷心，為自己安撫她而編織的美麗謊言傷心，為自己認識他多年而傷心，為ＭＴＶ畫面出現海灣戰爭的伊拉克難民傷心。

內心的逃亡蠢蠢欲動。精神鬥爭之可怕絕不亞於任何一種戰爭。捷克著名小說家赫拉巴爾讚美韓波說得正確。精神逃亡之痛苦，絕不亞於任何一位戰爭難民所負荷的。無論編織的理由過分真實還是虛構，我安排了一次逃亡，故意不告訴任何人。我知曉即使他們不見我幾年，彼此還不是活得好好的。

收拾衣物，提起背囊，我放低聲響開啟鋼鎖，希望連鄰居也沒察覺我離去的步伐。走入電梯時，灰藍衣的保安詢問我知曉，住我右邊的鄰居太太在昨晚跳樓自盡。我哦了一聲，不知曉這些與我如今的不告而別有沒關係。

下樓攔截計程車時，他沒在巴士迎面而來時戲劇性地出現。我跳上巴士直抵新山城中坊，決定先購買一雙穿得雙腳即使走遠路，也他媽舒服的鞋子。我挑剔地穿梭一間間鞋子專賣店。

## （二）

事隔五年後，你驀然間拍打我肩膀時，戴著一頂淺灰小帽。

「這麼多年沒遇見，遠遠地瞥見背影，馬上就認出來，真好。」

「是嗎？」我淡淡地回答，掩飾你的突現，我的驚訝。你卻變了，灰暗的裝扮，脫下帽子的超短髮型，曬黑的臉頰，成熟逼人。我忍不住摸一把你愈見健碩的肩膀胸肌。

「那雙銀灰打勾的運動鞋與那個俊俏的售貨員都好看。」你讚賞。

我打趣地說：「想不到你變了，不只男女通殺，連運動鞋也不放過。」

我離開了他之後，以為自己開始了逃亡。此刻你竟然似我背著行囊，突然在我離開這個城市前故意出現。可能因為你的那句話，我買了那雙好炫的夢幻鞋。雖然它一點也不適合我這個年紀的人。

好久以前，為了赴新加坡觀賞法斯賓達的《愛比死更冷》及《柏林亞歷山大廣場》系列影片，臨時拒絕了你策劃的海島旅程。你嘴上說沒關係，臉卻籠罩了揮之不散的黑雲數日。然後你固執地拋下一句「我決定的事情，是不會改變的」。你獨自在我們約定好的日期時間，出發去那個不知名的荒島。我在觀賞《愛比死更冷》時，想著「島會不會比愛更冷」，然後沉迷於精彩的黑白畫面，簡單精煉，忘記了島、愛、死、冷……

（三）

「剛自耶加達回國，來到此城。」你看了我肩上背著旅行背囊，馬上盛情邀約。我望著你的側臉，知曉此劫難逃。順其自然吧。我安撫自己。

購買巴士票時，我毫無目的，跟隨你北上東海岸的路線。我的夢航行在東海岸。你一會兒唱著張洪量的歌，一會兒說實現了多年來答應我，總有一天，帶我出走，不惜踏遍天涯還是海角。一路上，我們交換這四年不見後，最新的資訊。我幾乎與全部同學斷絕關係。你的興趣盤旋在阿查哈里身上，一個類似我如今逃亡的工大副教授。某學弟在晶晶麵家，遇見我吃細幼的滷鳳爪手工麵時，初次告知逃亡的阿查哈里。我似其他學長學弟們直呼：那是不可能的。然後我激動至忘記付帳，馬上離開現場。沒人追著我付款。或許學弟以為我故意吃霸王餐，強制他請客。身旁總有意料不到的事情重複地發生。我返回家時，翻閱這十年來收集的照片。阿查哈里竟然沒在我生命中留下任何的痕跡。

「還記得阿查哈里未出現前，我們與他妻子諾萊妮最初接觸的場景嗎？」你詢問。腦海閃個身影，她頭髮罩層黑色頭巾，轉過身來時，厚唇似金魚不斷張合。透過桌上麥克風傳來的聲音教人難忘。那近似沙啞的聲音，風吹落葉沙沙響。當時的你在我耳畔貼切地形容。她睜著杏圓眼睛，自我介紹後，稍停片刻，說第一堂課，麻煩大家自我介紹。同學們一個個機械性地站立，說出名字、來自哪裡、為甚麼選此科系。青澀的我們，有些害羞，勉強擠出那幾個字；有些嗓子特大，振聾發聵，惹人心煩。我們靜靜聆聽，也趁此機會相互認識。四十八位同學、四種民族，穿著旗袍唐山裝、馬來傳統服裝、紗麗等，五顏六色的，彷彿故意展現馬來西亞特色。秒針分針爭先恐後的完成一個鐘頭的競賽前，她輕易地叫喚我們所有人的名字。不，是完成了配合著我們的名字，辨識了四十八個人的臉孔。我向正注視窗外風景的你提起這件往事。

「現在回想起來，事情確實蹊蹺。」

「你也發覺有異樣？」

「普通老師不可能在一節課裡強記全班人的名字。雖然方便她日後叫喚，可是動機與習慣確實值得猜疑。」

「那時未流行超強記憶法。」

「難道她也是曾經被訓練，無意間顯示她的某些功力？」

「她丈夫反而自然些。」

「那才叫深藏不露。」

「你也是深藏不露，一晃幾年不見身影。」

「你還在怪我。」

你邊說，左手邊從長袖外套的袖子裡拉出來，詢問我要一人穿一邊嗎。

「為何這麼親密？」

「別這樣嘛，借個肩膀給你睡，養精蓄銳，才能玩得痛快。」

「誰要跟你玩得痛快？」

你說完想休憩一會兒，閉上雙眼，頭故意靠著我肩膀。我輕推開，不久你的頭又靠過來。你某次在吃著哥羅面的夜宵時，說我三番四次藉故在某旅程中，頭靠在你嫂嫂肩膀上。你還說我閉著的雙眼對準你嫂嫂的胸部，垂涎緩緩流淌，只差沒滴在她乳尖上，振奮地驚醒她。那時你沒告知正專心駕車的哥哥。你哥哥在那天晚上撞死了一隻盲飛的特大號蝙蝠。我搖擺著頭，想甩掉那隻頭部擠壓著車前鏡片的蝙蝠，望向窗外不斷向後退的油棕樹叢。貓頭鷹忽然飛過某棵油棕樹時，阿查哈里第一次露面的情景卻不客氣掉進我茫然的腦海中。

膚色黝黑、蓄留八字鬚的他協助夫妻檔的諾萊妮講師，帶我們到戶外做估價課業的實際訪查。我們班上八位華裔同學被分成七組，一組六人，剛好你與我同組。我們那組跟隨他駕著四輪驅動車，奔往大學城的某間單層排屋。他專業的向我們解釋估價單層排屋的程序後，告知實際訪查此屋的重要性。原因是此屋的周圍環境、房屋在土地局購買回來的地圖上確實的位置、處於高地平地或沙灘地、屋子的面積、屋內外擴建裝修程度，都需要重點記載。方便日後比較，才能客觀地完成，屬於科學與藝術之間的專業估價房屋的工作。他教導我們畫屋子的面積圖時，潔白的牙齒間，冒出幽默的詞句，氣氛搞得融洽。逗得屋主開心地捧拉茶，端上新鮮炸好的咖哩卜，還有似蜜的蜂窩蒸糕。慇勤得似香格里拉酒店的服務員，差點跪下來服侍副教授。

## (四)

你的頭顱在我胸前移動，我轉動眼球睨了一眼。

「想不到你的肩膀變闊了！」

「喂！」我聳動右肩，示意你別裝睡，快起身。

「在想甚麼？」你以手肘輕推我腰部搔癢處。

「別鬧好嗎？我在回想初次見到阿查哈里的場面，他帶我們去訪查那間單層排屋。我剛想到那可口的咖哩卜，你就打斷我思緒。」

「真饞嘴。你提醒我，某次在開齋節時，他夫婦倆邀請我們去他家吃沙嗲。」

「那時他們結婚多年，苦盼阿拉送子。」

「那晚吃得暢快極了。」

「我看你那豬八戒饞樣，那晚共吃了多少枝沙嗲？」

「一百五十多枝。」

「簡直是發神經。」

「害我以後看到沙嗲，馬上掉頭就走。」

「可惜沒看到你肚瀉到腸都拉出來。」

「掌你這毒嘴。」

我彎過臉，瞧見後座的女人，不友善的盯住我。她彷彿隨時就會撲過來，把我整個人塞進她無限擴大的臘腸嘴。

「記得大二舉辦的系內晚會嗎？我倆坐在阿查哈里的身旁，他跟我們聊起爬山的經驗。」我望著你時，故意找話題。

「他還邀請我們去爬金山。」

「可能那時還沒上映《金山公主》，你婉拒了他。」

「某次我倆跑步時，瞥見他奔上大學瞭望臺的那座山。」

「他像粒人球般滾上去，很快又滾下來。」

「柏油路兩旁的猴子停止吱吱叫聲。」

「烏鴉蝕日，閃電咬啃著樹木。」

「天空低垂。飄灑的毛毛雨驀然停歇。全部人停止了活動，行注目禮。」

「你有完沒完的，亂掰。」

「我講真的，現在開始明白為何他風雨不改。不是可惜那條花了百萬元興建的柏油路，只為開齋節前後方便他們上山瞭望月亮，決定何時過節放假。」

「這個好笑，華人早就預測，凡是當天晚上是初一，無論如何都看不到月影的道理。」

「還是談回阿查哈里。」

「對於他，強身健體是必要的。」

「尤其是他現在身處的劣勢。印尼警方懸賞四十萬馬幣拘捕他歸案。」

「談何容易。人家在十多年前就開始鍛煉一身好體魄。」

「再加上第一流的頭腦思維。」

車座後面的女人站起來，在我倆的耳旁嚷喊：「你們可以安靜一點嗎？唱甚麼鬼雙簧！」

全巴士的搭客眼神，不客氣地向我們橫射。我倆似驀然故障的音響，馬上發不出聲響。巴士駛入彭亨洲首府關丹巴士總站，你拉著我走進二樓洗手間，牆上滿是塗鴉性器官的廁間不太乾淨，也不會很骯髒。

總站二樓擺吃的馬來攤位顧客稀落。吃碗蘇多湯麵，外加一條青牙蕉後，我倆換輛北上瓜拉立卑的巴士，步上另一段我不問你走向何處，觸目皆是處女林的旅程。

## （五）

巴士穿過馬蘭、淡馬魯、加叻，文東、勞勿的路口，闖進帝帝旺沙大山脈。窗外的山巒覆蓋著叢叢的熱帶雨林。一路上，你一直在閱讀《孤獨星球》介紹馬來西亞的旅行書籍。我邊看著你，邊看著窗外單調重複的風景。巴士在喘氣地爬著山坡。

我醒來時尾錐骨神經酸疼。你伸出手來要幫我按摩。我拍了拍你的手說：

「免了吧，大庭廣眾的。」

抵達彭亨前首府瓜拉立卑時，夜幕低垂，頭上飛滿了黑鴉鴉的鳥雀。

「這可是英國人未在一八八七年來到前，就開始挖金礦的重要小鎮。

一八九八年抵達巔峰時期，當成州首府，直到一九五五年才移去闊丹。從此以後逐漸沒落，除了好多年前金礦因新科技而重新開採。」

「你帶我來這快被人遺忘的地方，到底想做甚麼？」

「我們明天去肯農樹林公園，一個銜接大漢山國家公園西南邊的肯農谷。這裡是主要入口點。那兒景致幽美、山澗穿梭、人稀鳥鳴獸走的人間仙境。你可以選擇在巨大的岩石洞中搭帳篷，亦可選擇在木屋渡過漫漫長夜。」

我假裝好奇，張大嘴巴。

「識貨的歐洲遊客，愛選擇此幽靜地點。」你輕掃了我張大的嘴巴。

「你似乎來過這裡偷情。」

「旅遊書籍上是這麼寫的。」你臉上飄過一抹紅，忽閃即逝。

「哦！原來如此。」

內心突然感覺事情似乎並非那麼簡單。我故意轉開話題：「多年前你不是跟隨阿查哈里去爬大漢山。你一直不肯對我們傾訴詳情。」

你凝視著我，良久。

「別這麼看著我，不講就算了。」

「你真的想知道？」

我頷首。

「你敢在巴士裡當眾吻我，我就一一透露，包括露骨的部分。」

「哈哈，很好笑，發甚麼神經？」

然後你快速地想在我臉頰上輕吻，我側過臉去。

「講就講嘛，沒甚麼大不了的，還扮純情。」

「洗耳恭聽。」

「其實我並非跟隨他爬大漢山，而是在爬大漢山時偶遇他，獨自一人趁馬來開齋節遠離塵囂，餓時採野果、捕魚獵獸，重歸最原始的生活。他只攜帶能折疊的錫箔紙在下雨休憩時，充當遮頭的雨具。他無意間瞥見我，認出是他的學生，開心地拉住我說了一大堆話。」

「你馬上邀請他住進你帳營？」

「理所當然。他釣魚本事超強，當晚我們吃了游水速度奇快的戈拉魚。」

「說真的，你跟他同睡時，有沒發生甚麼事？」

「兩個老少大男人，能發生甚麼事？」你反問。

「譬如導致類似安華事件的『醜聞』？老師與學生的勁爆同性性醜聞？」

「你想要強調甚麼？」

「我一直在推敲他為何選擇那條不歸路，尤其是在安華被捕，審訊至最高潮的時候，他開始另闢蹊徑。」

你沉默不語地帶領我，輕易地找到了日萊旅店。

你推開房間的窗口時，日萊河黃濁的水，正源源不絕地流淌。不時有車聲呼嘯而過。我沒發聲不喜歡面對喧吵的房間。

「只有雙人床的房間，今晚就將就一點。」你故意說。

「兩個身軀之間可放碗水，半夜水濺醒我時也好知道發生甚麼事。」

「嘿，你還真有一套！」

「大夢初醒嗎？」

「別以為你至今還抱持著冰清玉潔之身，笑死人了。」

「下樓找東西吃吧！好餓哦！」

「別扯開話題。」

「隨便你怎麼講！我先洗個澡。」

你躺在床上看無聊的馬來電視節目。洗澡後，我俯瞰著外面黃濁的河水。你沖涼半晌後，故意拉開沖涼房的門，要我拿毛巾給你。

「裡邊不是有嗎？」

「我不敢用別人擦腳用的髒東西擦頭髮。」你全身塗滿白色泡沫。

「那你也不用赤身裸體展示你的器官。」

「我故意誘惑你，看你動不動情。」

「居心叵測！」

「是囉，甚麼年紀了，還扮純情少男。好命的，早已兒女成群。」

「錯，應該是歹命的，早已兒女成群。」

「你甚麼都沒學會，嘴就是越使越壞。」

## （六）

下樓後，你聯絡上之前安排好的當地嚮導，確定明早出發，申請進入森林准證等事務沒耽擱。

你拉著我，急切地用火眼金睛尋覓看上眼的餐館。

「飢餓的人類，形同野獸。」

「完全契合人的慾望，超越一切精神能壓抑的狀況。當我走完大漢山最後的那段十五公里的柏油路，抵達山腳店舖，最想辦的第一件事情——馬上似餓虎撲羊般找食物。瞥見野味店琳琅滿目的菜單，真想每樣都嘗一口。」

「擺滿漢全席呀，還當自己是慈禧太后。」

「真的。甚麼炒咖喱山豬肉、清蒸順殼、濕炒麥片蝦，海參魚翅高湯、配碗芋頭飯，似乎爬了七天六夜的山，僅在那一刻尋求幸福的感覺。」

「你那時不是腳腫生膿發臭，還敢甚麼都餵進嘴。」

「年少不識山的恐怖，沒鍛煉就學人背十二公斤的行囊攀登西馬最高峰。當時雨傾盆而下，身穿雨衣爬山，恰逢河水高漲……」

「不知死活。阿查哈里那時沒賜你幾句真言？」

「沒有。那對他來說，小兒科。當時的我，還興致勃勃地教他推拿腳趾、腳部的方法。他從此上了癮，每逢爬山都問我要不要去，順便可以跟他按摩。」

「是嗎？按摩哪個部位？」

「還能按摩哪個部位？」

「鬼知道。」

「幾年沒見，你真的越來越壞。」

## （七）

夤夜驀然甦醒時，窗外的河水聲隱約伴隨月光流淌。陌生的床上似乎豎立著龐然巨物。我急忙摸著床邊小桌几上的無框眼鏡。視線清晰時，看到你挺著腰桿，坐立起來。我輕呼你的名字。你沒反應，如和尚入定。我貓步爬起來，繞到你身旁。你雙眼緊閉。我抓住你的手腕輕搖，忙問：「怎麼了？別跟我在半夜開玩笑！」

你終於張開迷糊的雙眼。

「在幹甚麼？」

「練功。」

我忍不住笑出聲。

你走進洗手間時，詢問我要不要一起進去。

## （八）

在老式咖啡館享受著烤麵包搽加椰牛油，外加一杯黑咖啡，你直歎人間最大的享受。之後，我尾隨著你，慢條斯理地尋覓著潘旅遊中心。打開旅遊中心大門時，赫然出現薩風熟悉的輪廓。

「果真充滿驚喜的旅程！」

「我也剛剛知道，薩風是我們的嚮導。」你在我耳畔細語。

我馬上握住大一的馬來同房的手，用馬來語探問近況。

你偷偷詢問我：「有沒聯想起他的玫瑰內褲？」

我笑到彎腰，聯想起他那一件內褲連穿四天的爆笑故事。他半夜在宿舍交誼廳，偷偷告訴你：他有一件內褲，背面有一朵綻放的紅玫瑰，伴著兩片綠葉。每個同學初次聽到你轉述時，笑得人仰馬翻，忙詢問他是不是同志。他會認真地回說不是，在回教法裡是犯罪的。他的表情語氣，認真滑稽。他當時很自然地說：「第一天我穿著背面是紅玫瑰的內褲；第二天開始把內褲翻過來穿，玫瑰對準肛門正綻放，不斷嗅聞放出的臭屁，如果那天剛好吃多了大蔥；

第三天，玫瑰花在肚臍眼下努力地綻放；到了第四天，那內褲還可以讓陽具親近玫瑰的芳澤。是不是超聰明的想法，五天只需要洗一次內褲，省時省事省錢省卻內褲被變態佬偷的機會。」你馬上加一句：「變態佬一聞到異味特強之物，不偷才怪！」那時，整間房溢出的笑聲，吸引了另一棟宿舍的同學趨前觀望。

你在我耳旁說，「很想請教他是否還穿著玫瑰正綻放的內褲？」

「正經點，人家現在可是嚮導。森林諸多避忌。」

他背了滿載食物的背囊，同我們前往火車站。「由於喜歡山裡的寧靜，我選擇了沉浸於大自然中，享受著攜帶喜歡大自然的人進入人間天堂。」

「講了等於沒講。」我在你耳旁偷笑。

「他結婚了，娶個柔佛州的女人。」

「我知道。那時我上最後一個學期的碩士課程。在圖書館電梯中偶遇他攜帶一個女人，然後他羞澀地宣佈是他妻子。我在電梯裡故作鎮定。」

「忍得辛苦嗎？」

「那個時期，他與幾位馬來同學插班。阿查哈里高興地請我們拍手歡迎他們的加入。」

你突然靜默無言，看著火車月台上兜售馬豆、零食的老伯。

「我心暗忖，連成績不理想的他也順利進修碩士，甚麼人不可以繼續深造？」

「我覺得你種族歧視逐漸嚴重。」

「我有話實說。大學當局明目張膽，無限可能地栽培土著就算了。聘請的老師以他們為主，招收的學生，也不管成績好壞，結果最後搞得留下來的老師都是殘花敗柳。跟他們討論老半天，爭個臉紅耳赤，他們還搞不通狀況，故作高深的要你去尋找一堆書籍。閱讀開出的書單後，再找他們討論時，同樣的不斷重複開出一大堆書單，直到你精疲力盡，乾脆自己動手做完一切後，才生米已煮成熟飯地呈交上去，可能還有畢業的機會。」

「天才型的老師如阿查哈里、旺敏等都改行當恐怖分子。」

「政府高等教育學府怎麼會進步？教育部長還要假裝研究到底我國的高等教育制度出現甚麼問題，做戲也拜託寫冊比較好的劇本。」

「等我成為高教部部長時，你再反映給我聽還不遲。」你不客氣地拒絕再討論下去。

我無奈地移開視線。薩風寂靜地等候火車，臉孔比大學時期黝黑不少。

「你另一半還好吧！」我詢問薩風。

「還好，在某公司當書記。」他禮貌的對我微笑。

你背包左邊塞了一瓶礦泉水，右邊塞一罐殺蟲劑。你擔心我新買的超炫鞋爬山時污穢不堪，特地帶我去買雙暗色的爬山鞋。老闆娘介紹著用完即丟的爬山鞋時，你慶幸地指著這款青罐的殺蟲劑說：「這專門對付山蛭的Baygon，市場上有些地區已鮮少碰上。」

「老闆娘真厲害，這樣的好貨都有珍藏。」

老闆娘笑瞇瞇地說：「最後一罐了。算你便宜。」

我沒白叫你多年來的「安娣殺手」。你再多說幾句話，她可能窩在你髒兮兮的腳旁死命鑽呢！

## （九）

「要吃嗎？」你買了包馬豆。

「不要。我想起小時候養白老鼠。父親回家時帶回的馬豆，我愛拿來餵食白老鼠。它們還挺爭氣，繁殖迅速，彷彿吃馬豆就可以增進繁殖能力。」

「你在暗示甚麼？」

「幫我噴一噴。」我指著那罐殺蟲劑。

你技巧性地噴了兩回，詢問薩風要噴時，他搖頭微笑。

「第一次爬山時噴得整雙鞋濕淋淋的，深怕吸血的山蛭。過小溪時，怕鞋襪骯髒濕透，穿著時不舒服，趕忙脫下鞋襪。結果手沾到過多的殺蟲劑，有點麻癢，急著用溪水濯洗。旁邊的嚮導冷笑兩聲。」

火車進入月台，將我們載往九山站。

步行了一段山野小徑，薩風停駐於河邊的小木屋，與攤主、村民們聊天、喝奶茶、吃甜甜圈。我銜塊炸蕃薯糕，陪你走去河邊望著兩岸的風景。你拿著我的Nikon D9相機，拍著停歇於草尖上的藍蜻蜓。

薩風走近河岸，手招了兩下。河面上草叢旁突然駛出一艘木船。

「有上梁山的感覺嗎？」你詢問我。手勾搭著我的肩膀。

木船在引擎驅動下，彭亨河水的氣味、太陽曝曬披針形的蘆葦葉的香氣撲鼻。七彩翠鳥急速探進水中，表演敏捷炫目彩影。抵達丹絨柯刺拉碼頭後，我們徒步經過果園甘榜。迎頭而來的摩哆騎士載著另一個馬來友族。他手提兩大塑膠袋，有點搖擺地晃過身旁。

「記得嗎？大三時的那位講師，坐在弟弟摩哆後座，雙手提著我們的作業，停駐在交通燈前被車撞死的事件。」你指著後座的馬來友族。

「那天早上我還咒罵為何要上八點的早課。結果就傳來課不必上了。大家齊聲歡呼。真是罪過。接著大夥兒出席他的葬禮。」

「兇手至今仍然逍遙法外。」

「他那成為植物人的弟弟，不知如何了？」

「還有即將結婚的未婚妻。」

「我開始懷疑此案與阿查哈里有關。」

「願聞其詳。」

「他可能那天下午，無意間發現阿查哈里在一九九五、九六年於雅加達開始參與回祈團，曾去阿富汗學習製作炸彈。事情曝光後，阿查哈里可能殺人滅口，佈局了整個事件。」

「你開始陷入過度閱讀狀況，快沒藥救了。甚麼都可以扯上關係。」

「你還真是我肚子裡的蛔蟲。」

「是精囊內的精子。」

「你再色瞇瞇地看著我，小心我告你性騷擾。」

「我再告回你告我性騷擾。」

## （十）

我們開始攀登戈松山。山蛭攀上我的鞋襪時，緊跟在我後頭的你，忙叫我灑些鹽，看著它似花朵凋落於地上。你再噴灑殺蟲劑於我踏滿污泥的爬山鞋上。薩風停下來，對著我傻笑地說：「他像噴灑藥水在玫瑰花上，深怕它隨時會凋謝。」

「薩風開竅了。還會用比喻詩句來搞笑。或許我需要對高等教育的成果重新評估。」

「不予置評。」你接著請薩風講些這裡流傳的民間傳說。

「據說此地長著一株芒果樹，果實豐碩，味道甜美。遊人盡可在樹下飽嚐美果，但卻一粒也不可攜帶回家，否則必遭受毒咒之後果。所以……」你悄聲說薩風的民間傳說一點都不精彩。

抵步石階岩石洞時，我坐在結構似一排台階的石洞中，大氣喘息。你似小孩在台階上蹦跳，撫摸著如骷髏的岩石。薩風遞給我巧克力，說補充點熱能，走起路來比較輕鬆。之後我們經過合攏石洞時，我要求與你手頂著頭上的大石，讓薩風為我倆拍張合照留念。「這幾年不上鏡了。我幫你拍就好。」你巧妙地婉拒，不待我準備好就開始亂拍。

## （十一）

戈松紮營基地的山洞下，一群馬來友族正在燒烤垂釣獲得的巴汀河魚，營煙裊裊。我們在不遠的木屋卸下行李，望著他們不亦樂乎，在嬉戲爭奪已經烤好的焦魚。薩風從行囊中取出竹筒飯，配牛肉鬆、番茄與醃黃瓜紅蘿蔔當午餐。他旋開水龍頭，讓污黃的水流淌成白淨的水後，裝滿水壺，置放煤氣爐上煮。你正閒著拍打飛撲而來的黑斑蚊，抹血跡於石頭上。

我故意詢問薩風知曉阿查哈里的事件時，他點頭說當然知道。我探問阿查哈里選擇這條路的原因時，你馬上打斷這個話題。

薩風看了我一眼，繼續說：「聽說他跟隨來自印尼回祈團的首領阿布峇卡，在烏魯地蘭的法官祿瑪諾宗教學校開辦的課程。回祈團是東南亞的賓拉登網絡。他們視阿富汗等回教國為典範，自小就灌輸孩童回教聖戰、塔利邦戰士等精神。中學畢業後，他們將前往巴基斯坦與塔利邦相關的人群相處。所以，他們回到馬來西亞後，產生了將馬來西亞、印尼等恢復成似阿富汗的回教國觀念。似阿查哈里、旺敏等受過高等教育的工大講師，自小沒受過嚴格的回教基本教育，在阿布峇卡領袖的誤導之下，很快就進入狀況。」

「你幾時成為這方面的專家了？」你故意打斷薩風的話。

「有學者認為這群受過高等教育者最容易被回教戰士的理想主義影響。他們相信回教國貧窮是因為深受西方霸權及非回教徒的影響。馬來西亞成功在九一一事件及峇厘島爆炸案發生前，偵破逮捕他們，是因為之前有了馬共深遠的歷史影響。」

「果真是專家，馬共也搬出來了。薩風，水沸騰了，快去泡白咖啡吧！」你故意大聲嚷。

「為何打斷他精彩的言論？」

「肚子餓了不能叫，給香蕉，還不要，你說好笑不好笑。」

「好笑個死人頭！」你發出的語調確實逗笑。

薩風在我們填飽肚子，休憩時間繼續說：「阿查哈里曾赴菲律賓南部參加軍事訓練長達兩個月。在那裡，聽說是開始與羅曼阿戈紀學習製作炸彈。這導致他完全改變對人生的信仰。」

「你這麼肯定嗎，薩風？好像你就是阿查哈里的化身。」你一見弱點就攻擊。

「這是我多方採集資料的結論。韓巴里在馬來西亞與阿布峇卡接觸時，開始看上阿查哈里，之後還送他去阿富汗的法若營實習做炸彈半年。我在閱讀《賓拉登秘密檔案》時，懷疑阿查哈里是在賓拉登阿富汗基地內，接受埃及人阿布•阿布都拉領導的達朗塔軍營接受訓練。當時還有一位阿爾及利亞爆破專家在那地方訓練一批未來的準恐怖分子。」

「在訓練自殺式炸彈襲擊者時，他們以五十公里的時速撞牆，腰上綁著一團炸彈。眼看著同伴一個個慘死，他們非但不會嚇破膽，受到阻嚇，反而激發他們絕望混雜希望的能量。這些聖戰組織每個月從賓拉登那邊獲得二十萬美元的輔助，購買武器炸藥，維持自殺隊員的生活和訓練。」

「夠了，薩風。我不是來山裡聽你胡扯這些東西的。」你忍不住，大聲叫嚷，阻止他再說下去。

「好了，薩風，學一學古典小說中愛用的章回末語：欲聽故事如何，卻聽下回分解。」我不知你為何氣得臉紅脖子粗，薩風似踩了你的尾巴。最讓我奇怪的事情是，薩風整個人的改變，說話時異常精明的眼睛，而且對阿查哈里的舉動瞭如指掌。我不介意他所編織的故事，真實性有幾分，但是他說故事的神情、流暢，與我之前認識的薩風——判若兩人。這是我最詫異之事，通常上過大學碩士教育之後，嘗試改變得如此徹底的成人，我印象中是鳳毛麟角的。

## （十二）

下午時分，我們按照行程繼續探索戈松山中的盲洞。薩風指著洞外磨損、灰白的岩石說，「這裡象群經常出沒，你看它們用背部兩側摩擦岩石後，留下的痕跡。青苔都被抹乾淨了。」一旁的樹木倒塌，大地似剛受過一場洗劫。盲洞的地表鋪一層蝙蝠糞泥，鐘乳石形成的老虎形體清楚顯現。薩風穿過其中一個小洞邊說，除了當成作戰堡壘，此山洞曾被早年彭亨州的民族英雄督．巴哈曼當成訓練營。你似乎與薩風開始保持一段距離，不知是對此課題無興趣，還是故意避開某種東西。

「督．巴哈曼似乎在歷史書讀過……」

薩風見我好奇詢問，解釋道：「他為了對抗當時英國的彭亨州統治者休克利福德爵士，開始在一八九一年於斯文丹（Semantan）發動起義。當爭取自立的戰士邁步前往瓜拉立卑時，督．巴哈曼開始以戈松的這些山洞為堡壘。在這些堡壘附近，殖民地士兵血戰那些視死如歸，保護自己國土，民族尊嚴的勇士……」

「真的嗎？」你突然故意靠過來說，「不過聽起來這種歷史課題是挺無聊，還這麼愛國……」

薩風於是改口說：「小心地上濕濕軟軟的噁心物。」

「還是薩風明白事理。」你說完伸出舌頭。

「舌頭別伸太長哦！」

「感謝薩風提醒！」

在離開老虎洞前，你大驚小怪地發現老虎的足跡，吩咐我們加快腳步離開。以免出現武松打虎不成，被虎撕裂橫屍樹林無人知的慘況。我責罵你無聊。薩風開始往下一個青洞出發。

眼前長長，懸在半空中的吊橋，銜接著青洞的入口。薩風指著前面的青洞說：「青洞又稱蝙蝠洞。」你跟隨薩風的後面過橋。我停駐腳步，望著橋下青幽的山谷生畏。你抵達洞口，發覺我原地踏步後，馬上掉頭，牽著我的手，似牽著一隻小羊過橋般，小聲呵護：「幾時你耳朵的平衡器，衰退得這麼厲害。」我隻聲不應，戰戰兢兢地過橋。彷彿發出任何聲音，整個人就會隨著尾音，掉落橋下層疊的密林。

「生殖器官應該操作正常吧！不然今次我們就白跑一趟了。」當我們走到橋的另一端，你打趣地公然挑釁。青洞內遼闊，走道任橫行，灰石偏藝術型態。薩風走入山洞內，小聲的說由於石洞頂部呈青色，故名青洞，然後叮囑我倆運用手電筒的燈光照射黑暗洞壁上倒懸的幾千隻小蝙蝠。

「吸人血的嗎？」你故意詢問薩風。

「這隻就吸。」薩風打了你手腕旁的一隻蚊子。然後他繼續說：「傍晚時，如果幸運，可望見整群出動的蝙蝠，黑壓壓的飛過天空，似一大片烏雲在移動。」

薩風抓住其中一隻小蝙蝠，掀開其嘴，讓我們看它吃果子的牙齒。他放走小蝙蝠後，指著山洞另一邊身型比較大隻的蝙蝠群。薩風亦告知，此洞是督・巴哈曼抗英時，曾是最堅固的堡壘之一。而你一副沒興趣的模樣，已跨出洞外。

經過熱帶雨林中最高的朵朗樹時，你對薩風說返回去休息吧，有點累了。回途中，隨處可見攀附在大樹下的野胡姬、寄生樹上的蕨類、無花果樹等。你心事重重地不說二話。

我在路上撿起一隻十三環節、全身黑得發亮、多腳的小蟲。它捲起來呈球體狀，非常好看。我偷偷地放進褲袋內。希望沒人發現。

## （十三）

「聽見河水流淌聲嗎？」換上泳褲後，你提著裝了釣竿魚餌等器具的水桶，拉著我前去木屋西北處的小河釣魚、游泳。你似魚兒，在水裡一會兒自由式、一會兒蝶式地暢游，故意圍繞著我為中心。你偶爾抓住我的腳趾，忽而拉我潛進水中。我躺臥在細沙的淺灘上休息。口渴時，我坐立掬一把清澈沁涼的山水，吸入嘴中。

「是不是清甜舒暢？」你游近我，摟住我腰肢。

「果然是好地方。」

「你知道為甚麼我要帶你來嗎？」你詢問。

岸邊石頭隙縫的釣竿大力搖動。你興奮地爬上岸拉著魚線。「是上次阿查哈里釣到的戈拉魚呀！今晚可有好料上桌了。」你舉起生猛活跳的魚，放在岸邊裝水的塑料桶裡。

你回到淺灘，坐在我身旁詢問：「你聽過細沙按摩嗎？」

我搖搖頭。你抓起一把細沙，在我腳掌摩擦。「你知道每隻腳的腳趾管狀骨頭，共有多少塊骨頭嗎？」

「不知道。」

「十四塊，大腳趾有兩塊。其餘四個腳趾各有三塊。」你一邊說，手指開始用細沙在我腳趾處按摩。

「其實這麼久沒互通音訊，你有沒想過我？」

「有用嗎？」我反問。

「真的很開心再遇見你，尤其在這個時刻，還可以來到彷彿世界僅剩下你和我的地方。」

「你想要說甚麼？」

「可不可以……親吻你？」

「男男授受不親。」

「我以為你一直在癡等著我回來。」

「少來。」我屈縮雙腳。你手上的白沙隨河水流逝。

你凝視著渾身濕漉漉的我。

「天漸冷了，今晚可能會下雨。我先把魚拿給薩風處理，你別玩得太遲。」

我繼續浸著山裡的溪水，涼涼的，舒服得不想起身。

我看著你古銅色的肌膚，似隱藏在水裡的冰山，突然冒出水面。濺起的水花噴灑著我。你走向河邊，濯足後褪除泳褲，在水裡來回搓洗。

「在夕陽餘暉下欣賞全裸的演出，是不是一種終級享受？」

我微笑著說，「詢問一下薩風，看看他是否也有同樣的看法？」

你故意慢動作的用毛巾擦乾全身，正面赤裸的對著我。夕陽將你全身的毛髮，鍍層金色。「看了會不會感到自卑？」你挑釁著我，然後手提著水桶，身披著毛巾，漸漸步回木屋。我一個人下半身浸在水中，享受著森林蟲鳴鳥叫水流聲。尖尖長嘴的小水針魚游近。腰向下彎，整個人平躺在淺水中時，我聽到腳踏入水的聲音。

「你又回來做甚麼？我快要好了。」

對方沒回應。

「別嚇我了。四寂無人，我可害怕極了。」

水聲愈來愈靠近我。我的直覺預知那不是你。我猛然回頭，擔心有甚麼猛獸突然來河邊低頭飲水，無意間瞥見我，對我產生了興趣。

我心跳加速至極點。熟悉的臉孔，穿著白衣突然出現眼前。僅是兩條八字鬍與頭髮剃得乾淨。他突然哈哈大笑，用馬來語問候：「別來無恙！」

我的瞳孔驚恐地放大。嘴誇張的闊張。腳在冷水中痙攣。

「怎麼，多年不見，還好吧！記得最後一次見面，你碩士論文答辯時的風采。你還沒感激我呢？」

「現在突然間開不了口？」

「沒關係，我知曉你開不了口。我一直反對他們做出對馬來西亞不利的事情！放心！你是馬來西亞的一部分。」

「我只是想拜託你，完成你曾答應我的任務。算償還我一個人情吧！記得嗎？你做碩士論文時面對難題。你跑來懇求我時答應的條件。」

那時我陷入極度困擾的劣勢，面對尋求繁複的方程式，來解讀收集回來的商業廣場第一手資料。最後一次與女指導老師會面後，她說做碩士論文的方式，要求更嚴謹，怎麼能沿用學士時大家都熟悉的方程式解答問題。我破解不了應用在資料分析的繁複方程式。欲詢問女指導老師時，她遠赴家鄉，傳聞母親病重。我耐心地等候了一個星期，知曉若不恪守女指導老師的要求，不可能過關斬將。女指導老師始終不見蹤影。眼見論文答辯日期僅剩一個星期。我再去詢問系裡的櫃檯服務人員。移動時似一座山的櫃檯人員說，「她母親剛逝世。」我在近乎絕望時，看到阿查哈里走過我面前。他似一陣風趕回他的辦公室。我尾隨著他，問題果然迎刃而解。再加上論文答辯時，擔任評審的他反而針對女指導老師的提問，為我極力辯護，終於順利過關。

「別怕！不是叫你去殺人放火。」他手中如變魔術般，突現一支金蝴蝶型鑰匙。「請你把這支鑰匙送去我居住在馬六甲野新的父親。這紙上寫的是地址。我們從此互不相欠。切記，別告訴任何人。除了我父親。」

「全部的時間均已過去，我們的生命僅僅是一個無可挽回、衰退過程的回憶或反映，毫無疑問地遭到了歪曲和破壞。博爾赫斯說得真貼近我內心深處。」他說完，感覺上是踏水無痕，往下游離去。我尾隨在後頭，經過沼澤地、矮叢林。鼻頭嗅到臭味時，還瞥見萊佛士花正臭氣四射的猛綻放著。他不知是不介意，還是不知曉我的跟蹤。不久後，眼前出現兩條木桐排成的木橋。我不敢越過雷池一步。耳朵傳來瀑布聲。我眼睜睜看著他遠遠地站在七級瀑布的源頭，正以最美麗的姿勢跳下去。他隨著清澈的飛泉掉落在岩石水潭中，不見蹤影。

# 十四

返回木屋，我馬上跟你吐露剛才的奇遇。你一開始愣住，之後哈哈大笑，邊搖頭說：「別逗我。阿查哈里一直在西爪哇島活動，怎麼會出現在這裡。果然是小說家的本分，繪聲繪影。」

我情不自禁地拿出那支金蝴蝶型鑰匙。當我自褲袋裡抽出來時，它僅僅是一支普通的鑰匙，與我家開大門的鑰匙沒分別。我繼續在褲袋裡掏，甚至翻出整個袋子。

「要不要脫下褲子，我來幫你找。」

「我幾時騙過你？」

「好，就算我相信你。」你指著褲袋裡捲成球體的黑蟲，詢問：「這是甚麼東西？」

「很美麗，叫不出名字的生物。」

「你想要帶回去飼養？」

「只是撿來看看。」

「這原始森林裡的生物，不僅受保護，是不能攜帶出去的。若被當局抓到，除了罰款，有時甚至要坐牢。」

「我知道。」

「有些生物僅能寄居於此地生存。走出了森林，它就會自然形成一種保護膜或另一種形體，不讓自己受傷害。你記得薩風之前說的傳說，芒果不能帶出去，就有異曲同工的道理。」

「我現在放出戶外好嗎？」

「肚子餓了，薩風的飯菜應該準備妥當吧。」

「你為何突然變得凶巴巴的？」

「我帶你進來，需要確保你安全的出去。」

## 十五

寒雨飄落在冷冷的夜裡。我倆穿著長袖衣服，共撐一把傘，各提一枝手電筒出門。薩風在棚子中，張羅著長桌上的碟子、刀叉。

烤魚的火候恰到好處。我想不到薩風會炒搗碎的木薯嫩葉、江魚仔、辣椒等。「木屋後面野生的木薯葉多著呢！」他說。

桌上還擺著竹筒薑絲雞腿肉。魚鰾竹蒸雞湯。甜點是蒸熟的淺黃木薯，淋上蜂蜜。

「薩風怎麼知道這是你我愛吃的佳餚？」

「心有靈犀一點通。」

「多謝你精心地安排。」

「不是我安排的。」

「是誰？」

「上天的安排。」

我傻愣地望住你。

「騙你的，當然是我們的嚮導，薩風。」

我心裡層層壓下來的疑惑越積越多時，暴雨突降。飢餓與美味佳餚刺激著朵朵張開的味蕾。這些佳餚僅有在佳節回到老家時，我才能幸福地享用。

吃完入口即化的木薯蜂蜜時，肚子突然絞痛。

薩風指著廁所的方向。你陪我打著傘，兩人各提一隻手電筒在暴風雨中，一步步前移。我辛苦地縮肛強忍。要命蠻長的一段路。快抵達廁所時，雨竟然開玩笑地轉小。

「快進去吧。我在外面等你。要是你出來看不到我……」

我似消防員救火般，飛奔進黑漆漆的廁所。廁所沒燈。我善用手電筒的燈光，探照著一整排的間隔室。我找不到門好關，不顧一切地褪除及膝卡其褲。手電筒照到右牆上的掛勾，我將褲子懸掛牆上。肚子瀉得腸都快出來。

遠處傳來走近廁所的腳步聲。我心裡暗罵人家在痛苦著，你竟然在這時候趁虛而入。熄滅手電筒的燈，我用手掩住下陰。

腳步停駐在我的面前。

「別玩了！」

「誰跟你玩？」我聽到此人的馬來語調時，全身顫抖。我膽怯地看著他用打火機點了根煙。長髮披肩的他，頭上戴頂灰哈芝帽。黑眼鏡配上黑鬍子，身上披件暗褐色長袍。

「你膽敢告知第二人。」他私自拿了我吊在掛鉤的褲子，搜到那支鑰匙。

我啞口無言地望著他口中唸唸有詞，須臾，鑰匙恢復蝴蝶型，正拍動著翅膀，慢慢變成金光閃閃的原狀。

「我希望你這次可以慎重地保守秘密，不會讓我徹底失望。」

「老師，可否詢問為何你選擇了這條路？」

「我很高興你似我最後選擇了與產業估價管理無關的文學。我不相信答案能被找到。我相信它們只能被永恆地尋求。」

當他手中的煙漸漸熄滅時，黑暗緊緊地包圍著我。

「這麼久的？」你跑進來，用手電筒照著我。

「我剛才聽到有聲音自廁所裡傳出來。」你繼續說。

我正拿著牆上吊著的褲子。

「嘩，不賴嘛。」你指著我的下體，邊說邊靠近我。

「我愈想愈不對勁。你帶我來這裡，到底……」

你用雙唇堵住我的嘴，然後放下我手中的褲子、手電筒。「在黑暗裡摸索，尤其是越陌生的環境，是不是越刺激。」你緩緩地脫除我的長袖衣服，摸著我緊繃的肩膀。「輕輕地放下肩膀，看你多麼緊張。放心。」你的聲音越來越柔，彷彿一條蛇，慢慢地纏困著我，緩緩的如液體進入我身體。我全身無力。

「我剛才終於看見了傳說中的螢光黴菌。這就是我想要與你分享的。」

「我要捧起你的頭髮像一掌的螢光黴菌。」

「那螢光黴菌兀自在墨黑的荒野裡，發出銀光。似月亮的銀光。」

然後你哼唱著：「在那銀色月光下，亮著銀色的螢光……」

## 十六

清晨起床時，你的被枕已經折疊整齊，行囊不知去向。

我匆忙地走出戶外探看時，薩風已經在桌上準備好早餐。「洗把臉，來吃早餐吧！」

我詢問你在哪裡時，薩風僅遞給我一封信。

一直到重返瓜拉立卑，我沒打開那封信。一句話也沒再說。

臨別薩風時，他說一切費用你已經支付。你還交代了一張回吉隆坡及去馬六甲的車票。

# 十七

在巴士上，我跌坐椅子後，起不了身。我發現自己甚麼都不想知道了。巴士抵達吉隆坡後，我換上馬六甲的巴士。

抵達野新阿查哈里故居——他父親胡仙的馬來傳統木屋時，胡仙用馬來語拒絕開門。他說：「我們已經擁有太多敲門的陌生人。」

「我是阿查哈里的學生。他囑咐我一定要完成一件事。」我簡明地用馬來語與他溝通。

對方靜默了一陣子，終於拉開一條門縫。我輕輕邁入大門。金蝴蝶型鑰匙終於放在他起皺顫抖的手中。他哭著在地上癱成一團。

「你拿回去吧！你們這些禽獸！」

我在一旁愣住。廚房傳來動靜。我抬頭看到一位老婆婆探出的臉孔，還有她懷中兩個小孩的好奇眼光。

「別再詢問了，你走吧！設計的陷阱比比皆是。我沒力氣再踩下去了。你們這些警察、記者、好奇的陌生人，多少年了，還糾纏不夠。」

「我……」

「你們可憐一下遺留的兩個孩子吧！諾萊妮自美國動手術回來後，承受不住盤問壓力，早走了早好。」

「諾萊妮老師怎麼了？」

「別再問了！一切都過去了。求你讓我這老不死的過完最後的晚年吧！」

他說完後，比蝦米縮得更緊。

鑰匙放在桌子上後，我匆忙離開。

我聽不到任何聲音。

我假裝再也聽不到任何聲音。哭聲。車聲。風聲。

無聲多好。

似我褲袋中的小生物，靜靜地捲起身子。

我小心翼翼地捧它出來。它僅是一隻普普通通，在草地上偶爾會碰見的馬陸。背面有黃黑色相間的環紋。

二〇一四年七月十二日

傳說也跟著逃亡

成功地逮住他後，我注意他的雙唇開始囁嚅的動作。「好吧，來一杯波羅蜜汁。」我偷偷告知廚房波羅蜜汁的秘方，奏效地誘惑他啟動了話匣子。逃亡開始自他嘴中流亡，在我們的耳中心中打轉、流連甚至留戀。雖然大部分化成了等待分解焚化的垃圾，我還是以文字的書寫保存了某些部分。

## 傳說（一）

回溯十四世紀，真臘吉蔑王帶領著戰敗的軍隊從安哥開始逃亡，之後不知所蹤。我的思緒跟隨他的故事開始逃亡至那個朝代。公元一三九三年，真臘的鄰邦——暹羅突發兵侵攻，不旋踵吳哥即為攻陷。暹兵掠奪吳哥窟珍寶金佛，傷殘無數兵民。頭戴金冠晃動、打純花布的真臘王下達逃亡的諭旨。在開滿蓮花的池塘中，女侍急促地穿梭蓮葉間，匆忙中採擷了幾朵白與粉紅的蓮花，再將乾蓮蓬中的蓮子收集珍藏於錦盒。接著，那錦盒套上繡著蓮花盛開的絲袋。椎髻袒裼的女侍，在慌忙中還拉起了幾條蓮藕。耳畔響起某人偷偷哼著「綠葉白花黃蕊……」的歌聲。

新拿巨舟駛出了洞里薩湖，沿著洞里薩河，經過金邊拐進湄公河，然後直下抵達湄公河三角洲，奔向南中國海。巨舟隨風飄行。逃亡的臣民對於雄偉的安哥殿宇，還有那開滿蓮花的侈麗景色念念不忘。巨舟偶然地駛進了長而寬大的彭亨河。漿黃的水、岸邊蓊鬱的原始雨林、高枝上的懸吊植物、跳來蕩去的長尾灰白葉猴……。他們想起了吳哥叢林。眼觸及晨光耀眼的珍尼湖，他們決定暫且居留下來。女侍撒播了錦盒中的蓮子，種下了今天湖上盛放的蓮花，飄蕩著蓮香的天然絕色。

你可知道為何珍尼湖開遍蓮花嗎？我佯言不知，輕搖擺頭。公元四世紀末，印度文化及佛教已傳入扶南，而當時的真臘隸屬扶南的疆土。隨後強盛的真臘，在安哥暹粒一帶，建設了很多荷塘。蓮花和佛教的密切關係，導致吉蔑人到了哪兒，都離不開蓮花。他左手握著花瓣快凋零的蓮花說：在巴肯山神廟正殿南面的赤足女神，左手也抓住一枝待放的蓮花。

## A理由

你日夜持續著磁力緊緊吸住，地洞裡鑽出的一個陌生人。陌生人喚著你的名字。我所陌生的名字。妒嫉你長期隱藏緊密的癡情。怨恨至今我才知曉的名字，與自己的無知。

故意在黑暗中，坐在客廳灰沙發上，緩緩輕提玻璃杯喝著溫水。你開了房門，又關上。彷彿害怕裡邊的人，會隨著房門持續地打開而消失。你進去房門後，又重新打開門，走向廚房，沒發現我的存在。其實自己已不是初次退居其位讓人遺忘。你按了廚房的燈時，驚訝地發現我的存在。然後說我在黑暗中獨享喝水的樂趣。「我是習慣黑暗，漸漸失去光亮後。」你不曉得故意還是好心，為我開盞燈。我撲過去關燈，彷彿在曝光之後立即煙消雲散。走回房中，關門上鎖。緊閉房門，隔斷了客廳的空氣，以為就此切斷所有的關係。

你敲門。我說沒人在。你在外面輕罵一聲。開條細門縫偷瞧你。你的頭趨近。手伸進，遞給我密瓜果凍，說看影碟時吃。我婉拒你的好意，說你的手再不縮回，可別怪我關緊門時挾斷它。外面一片黑暗。室內一片黑暗。我祝福陌生人探訪成功。自己的妒嫉，籠罩在失望中抵達頂點。

他回來時，你對他說，我怪異地獨處於黑暗中，嚇了你一跳。我甚麼也沒說。他似乎知曉，但甚麼也不說。我懶得跟一直故意隱瞞著我的人繼續交往。我直接說那是一種妒嫉。或許你一直以為我在開玩笑。認真的感情總是容易凋萎，不留痕跡，除了內心無法探測的憂傷。

沒傻呼呼地陪你去尋找提供掃瞄服務的網絡咖啡店，然後喝杯藍山咖啡。沒再等夜歸人幾時歸返。沒在你回來時，陪在你身畔看著你吃完飯。一切建構的關係，只期待時機成熟後的崩塌。

電視新聞播報著美國凌晨四點轟炸伊拉克巴格達。我的心靈攜帶著疲憊的身軀，決定放下手中進行得如火如荼的建築工程，臨時請假開始逃亡。似伊拉克庫爾德族投奔鄰國避難。或許這是卑微如我的小民，除了聯名簽署反戰宣言，電郵給更多朋友之外的另一種抗議方式。在這原本禁止反戰示威、遊行及聚會的和平國家中，我們無需擔心儲糧問題，只需冷眼看著電視機不斷變幻的畫面。布希的霸權蔑視世界各國幾百萬人的反戰抗議、不顧美索不達米亞平原幾千年殘留的文化遺產、鄙視平民百姓的生命。布希連眉毛都沒動。薩達姆在媒體上露出笑臉死抗聯軍……。

## 傳說（二）

一萬兩千五百六十五英畝的珍尼湖，遍佈著三百種水生植物、一百三十八種在陸地生長的植物、一百四十四種魚類……。在餐廳桌上翻開宣傳手冊。一汪靜止，盛開著蓮花的湖泊。晚風輕輕的拂向臉面，吹來蓮香。體育電視台播放的歐冠盃足球聯賽，吸引著一大群觀眾。你的眼睛，緊張地跟隨電視的畫面眨動。

他未繼續傳說前，先批評歐洲盃總不顧美伊戰爭掀開的戰幕，還有人看甚麼足球。你投來不屑的眼光。我不顧一切，用渴望的眼神勾引著他說故事的慾望。

吳哥吉蔑人從木船上卸下金銀銅錫、象牙瓷器、緞錦、沉木香、孔翠之屬，決定在此興建新城。為了防禦敵人襲擊，他們善用灌溉導水系統，控制水的流量及水線。當敵人攻擊時，他們被懷疑將水注滿整個區域，形成一大片汪洋。敵退後，他們又恢復原狀。聆聽著他描繪的蓮花源，我持續著探測心裡那股逃亡的衝動。

為何此處沒有吉蔑人曾居住的廟塔等歷史蹤跡。他拐個彎說，曾經在馬來亞出現的古國，除了馬六甲王朝及吉打州的布秧谷廢墟，狼牙修只留下空名於中國古籍中。或許這裡的古跡淹葬在湖底，似距離吳哥遺址兩小時車程的哥巴斯賓山，隱藏著代表生殖的陽具與陰戶的水雕。別瞎扯了，我罵道。你不相信呀，他們既然能在十一世紀時，讓潺潺的溪水流經凹凸的陰陽具石雕，為何不能將古城深藏在湖底。你沒聽過傳說中，在深海最底層的亞特蘭提斯，一個陸沉後，由大理石與珊瑚礁構成的城市嗎。況且原住民祖先們遺留了一個地下皇宮的傳說。地下皇宮真的存在？傳說中有兩位漁夫在晴朗的湖中撒網捕魚。其中一位瞥見湖底晃著宮殿的黑影，驀然恍惚，魚網跌落湖裡。眼望著魚網往下沉，他二話沒說，潛入水中，轉眼失去蹤影。友人久等廿卅分鐘，臉未露出湖面。友人神情緊張，擔憂其生命安危，想回返岸邊尋覓人手急救。友人正划開舢舨時，對方自湖中冒出黝黑臉龐，以愉快地語調詢問朋友要去哪兒？友人馬上追問：你是人是鬼，潛入湖中超過半小時都未見蹤影。對方爬上舢舨說剛逛完地下皇宮，公主在宮殿外邀請他進去參觀，食sampan berkayuh點心，好好吃哦，使他樂而忘返。

是嗎，我們來碟黃梨炒飯好嗎，好好吃的，我餓暈了，珍妮湖畔的黃梨炒飯名聞遐邇。不善於爭辯的我，以食物轉移他的視線。

## B理由

在某個特定的時空中，一連串的事物以無可抵擋的速度，捲進現實生活裡。譬如他換了新女友，但沒很興奮的直接告知。他故意在清晨出門前，吩咐我將兩百馬幣置放在梳妝台上。他事先設計好的情節：我會不小心瞥見桌上飄散著難聞香精氣味的情信。

自間接地宣示新女友的出現，我更需敏感地關注呼吸的空間，以及自己適合與他共存的空間。對於他，我的存在是否意謂著多餘的角色。或許還沒嚴重到此種地步，尤其他急需馬幣時，會故意在我房間巡視一圈，察看我躺臥床上自然呼吸的順暢。

電話驀然響起。遠赴愛爾蘭的舊情人，打電話探問他。我對答如流地說他剛出國工作……。電話沒螢幕讓我觀察她在冰寒雪地的表情。耳畔傳來，恩雅唱著〈我如何持續著歌唱〉的淡淡悲愁。她自愛爾蘭特地寄給我的數碼光碟。驀然間我悲由心生，為此多情人傷心，為自己安撫她而編織的美麗謊言傷心，為自己認識他多年而傷心，也為MTV畫面出現一九九一年海灣戰爭的伊拉克難民傷心。

內心的逃亡蠢蠢欲動。「精神鬥爭之可怕絕不亞於任何一種戰爭。」捷克著名小說家赫拉巴爾讚美韓波說得正確。精神逃亡之痛苦，絕不亞於任何一位戰爭難民所負荷的。無論編織的理由過分真實還是虛構，我安排了一次逃亡，故意不告訴任何人。我知曉即使他們不見我幾年，還不是活得好好的。以為自己……，以為的以為是為了以為，如此而已。

## 傳說（三）

珍尼湖美麗的傳說中，龍的傳說深得我心。在《真臘風土記研究》中，並無龍的出現。僅在『魚龍』部分，談及「鱷魚大者如船，有四腳，絕類龍，特無角耳，肚甚脆美。」而住在湖邊的扎昆原住民相信，魔龍在湖中守護著十四世紀吉蔑城的寶藏。長年累月下來，他們曾多次目擊此怪龍。似砂拉越石隆門的碧湖，常謠傳水怪出沒，不是出現其頭，就是攞出其尾。

珍尼湖的傳說記載著湖中住著三隻魔龍，分別為龍母、龍子及龍女。至於魔龍會不會守住寶藏無聊時噴噴火，還是蛻變成美麗的人形與凡人編織動人的愛情故事，可交由個人的想像力發揮。某日，龍母出遊不歸。龍子憂心忡忡地等候多日後，（戀母情結地）決定出外尋覓。或許外面太多誘惑，即使龍女日以夜盼，它們始終沒歸返。龍女緊守住此湖，擔心寶藏失竊；亦擔心龍母與龍子突然歸返，尋覓不著龍女。因此，此湖僅遺留龍女駐守。扎昆人所見的，相信是最後的駐守龍。說故事的他口中飛出唾沫子。我聯想起初中時的歷史老師，似他有說故事的本領，口沫橫飛的程度，還濺濕了坐在第一排位子的同學的歷史課本。（請千萬別用手故意或不小心橫掃桌面及打開著的書本，以免中「口水」彈）。

科學家們對於此種傳說，總是無法獲得信服人心的證明。於是，我萌起了篡改此傳說的頑心。許多年過去了，龍女不見龍母與龍子的影蹤，寂寞傷心無比，決定遠離此湖，遨遊四海去尋覓它們。從此以後，此湖只遺留下美麗的傳說，不見龍的蹤影。

## C理由

提起背包，我偷偷開鎖，搭巴士下新山坡底。在購物廣場挑剔地選鞋。你出現時，讚賞那雙銀藍的運動鞋好看。我離開了「你」和他，以為自己開始了逃亡。此刻另一個你突然出現。可能因為你的那句話，我買了那雙好炫的夢幻鞋。雖然它一點也不適合我這個年紀。

好久以前，臨時拒絕了你策劃的旅程，你嘴皮說沒關係，臉卻烏雲蓋頂幾日。今次你自鄰國戴著口罩，逃避致命的傳染病症至邊城，偶遇了我肩上背著旅行囊包。你盛情邀約，我知曉此劫難逃，順其自然吧。然後，我安撫自己，自我試探是一場遊戲，雖然結局早已呼之欲出。

在旅遊巴士上，你怕我外露的手冷，伸長左臂多出的一大截衣袖，擋住上面不斷吹拂的冷氣。躲在衣袖內的手掌趁機抓住我的手摩挲。有人望過來時，我臉紅得似番茄，你若無其事地回瞪。

你告知幾位教導估價學、建築學的導師，由於被發現搞極端組織對抗政權，已經逃亡印尼。那大學裡的導師不是只剩下沒用的渣。你笑說反正我們都已經畢業了。然後摸著我的手喊冷得痛快。始終沒告訴你，有時好想打電話給你。在假期特想你的時日去探望你。然而知曉很多事情是不可能的。可能的是自己漫無邊際的思念，然後將思念釘死在文字中。

以前與你在一起，覺得在浪費時間。有時在逃避某個人時，剛好那個時間又給你補上。久而久之，反而養成一種習慣，身旁的人也習慣了我的出現。你似乎也習慣了。習慣是一種讓大家心無猜忌或容許更多人猜忌的東西。假裝問你一些問題，你抖出說三十多歲才找個人結婚。口氣好像隨便在街上找一個人，就可以陪你走完一生的模樣。

踏進珍尼湖的木屋後，很快的我倆又踏出此湖的範圍。我不敢親呼你的暱稱。知道這個名字在踏出此地後，將永遠地逃亡。這是我為自己種下的咒語。

## 傳說（四）

他翻開報章，邊吃黃梨炒飯。伊南重鎮巴士拉失陷。美索不達米亞平原，從早期的蘇美文明古國、巴比倫、亞述帝國至二〇〇三年的伊拉克，還陸續發生戰爭，真是被詛咒的焦地。我配合他說，人類貪婪的慾望沒填滿，無辜的人民不逃亡，猶如等待著死神緊叩著大門。從早期的短兵相接，到二十一世紀的大規模空襲，平民唯一持續的行動是大規模的逃亡。

我們還是別說無趣的人類屠殺逃亡，傳說還是比較有趣，尤其在此人間仙境。他開始鼓動著舌頭，進入狀況。當蘇門達臘入侵者佔領馬來亞海岸，抗拒入侵者的扎昆人退居內陸，某些遷移珍尼湖地域。扎昆人剛開墾種植旱稻時，一位拿著枴杖的老太婆，在冒一團白煙後赫然冒現眼前。老太婆不客氣地警告他們劈荒前，需獲得她這位守護人的允准。雙方談判的結果，好心的老太婆允許他們的居留。為了保障老太婆的權益，她臨走前，將枴杖的某部分插入此中心的土中，叮囑他們千萬別動此杖，不然將惹禍上身。似聖經伊甸園中的上帝叮囑亞當千萬別動那分別善惡樹上的果子，不然吃下肚的日子必死無疑。他們似亞當答應後，老太婆似鬼魂消失無蹤。多年以後，某個暴風雨襲來的夜晚，此部落的某原住民，意外地拔起那根枴杖。隨著枴杖的瞬間離地，遺留的大窟隆，流瀉出源源不絕的水。水淹沒了來不及逃亡的扎昆人，最後形成了今日的珍尼湖。

我打斷他的故事說，我聽言的結局是扎昆人在某次砍伐樹林時，突然聽到狗的狂吠，人群嚇得鳥獸散。某個青年人在慌亂中，一個不小心，踢飛老太婆插在地上的枴杖，結果水不斷從洞中冒出，淹成珍尼湖。

他不甘示弱地說，既然你提及狗吠，他亦記起了另外一個版本的結尾。有人聽到狗吠後，拔取枴杖想打狗。結果是水源源不絕從洞中狂洩，淹死了來不及逃亡的原住民。淹上來的水形成了今天的十二個湖。

五年前尚發生一件真人真事。某漁夫在珍尼湖裡意外地抓到一條小白蛇，即刻撈起，切成一截一截。小白蛇被截屍後，一截截的蛇身還在上下蠕動。湖面隨之浮現兩條大蛇，頭部似傳說中的龍，驚嚇得漁夫屁滾尿流，丟了一截截的蛇屍後，馬上返回岸邊。隔日，漁夫全身上下開始長鱗，一個個有五角銀幣般大。結果他似穿山甲人，老婆朋友遠離他，直到如今還慘痛地獨自苟且偷生。

夜深沉，明日還要載著旅客遊彭亨河。是真的夜深了，還是相關此湖的傳說也跟著逃亡了。別胡亂猜測，傳說隨時可以編製，況且，逃亡早已形成了自然的生存現象。

你一直沉浸在歐洲足球賽，陪同一大堆觀眾忽而緊張喊嚷，忽而縮腳擦拳。他帶我走過逃亡至此的創作人居住的小木屋。創作人放低聲量，專一地彈唱著自己的詞曲。他說創作人曾經因為種種限制，寫過劇情不可以出現警察拿槍指著逃犯的劇本……。我偷笑時，他詢問我笑甚麼。我搖了搖頭，說累了，然後推開木屋門。

## D理由

終於下定決心搖了電話給她。電話沒人接聽。或許她不在家。第二天，我持續搖電話給她。第三天。第四天……。我來不及告訴她，我逃亡的最後地點。或許，她也開始逃亡了。我發現我的殘酷建築在她的無法自拔。

二〇〇三年三月完成
二〇〇六年三月重修
二〇〇九年七月二十五日重修

# 懸吊半空的男人

# 一

米黃牆上懸掛一幅黑白海報《懸吊半空的男人》，在天花板的橘黃燈光照射下——空中橫桿上排排坐的男人正享受午餐。應該不能算享受，若是我靜靜地坐在高空橫桿末端，沒嚇出一身冷汗，身子不硬得似一塊石頭轉眼往下掉才怪。在半空中如何能「享受」，應是「正用午餐」。或許他們無畏高症，反而享受高處，似我觀賞的一部電影《慾望天堂》（*Among Giant*），男女主角認為身在高處是一種高級享樂，有事沒事攀高。鐵塔，高樓大廈，電燈柱，油漆工程鷹架，簡直無高不歡，僅差在上面風流快活，踏到地表時才有如回返人間的不快活。

一排男人，坐著青年、中年、老年人，有些正剝開紙袋，小心翼翼取出午餐，深怕手不穩午餐轉眼往下墜；有些咬了一口麵包，某位啃著紅蘋果。我猜大概是紅蘋果吧，充滿誘惑，雖然是黑白照，在暈黃的燈光照射下。有些閒坐聊天，有些俯瞰遠方風景。僅剩橫桿朝外的末端空留一個座位。海報圖片顯然是一張刻意放大的照片。照片中人人表情各異，似《最後的晚餐》，基督的門徒表情各異，或許各懷鬼胎，或許僅是畫家不同的詮釋表現。

我不知曉你為何點選了一張如此「怪異」的海報懸吊在飯桌旁的空牆上，每每用餐可以不時瞧上幾眼？多看幾眼就值回購買的費用？重點是這些都是麻甩佬，胡茬一片，大多數超越四十歲的「老」男人，談不上養眼。

剛煮熟的瓦煲雞飯，他端上飯桌。你靜靜坐在座位欣賞海報，我有時會錯覺飯廳變成了美術館。於是視線轉移到他忙碌，不算修長的手指尖，才教我回神。那雙手不歇地置放杯墊，盤墊、玻璃杯……，彷彿停下來主人會催促，死命的在他背後轉動發條，那一刻會帶來身心最大的創痛，所以一秒鐘皆警惕自己不敢懈怠。

「要幫忙嗎？」我故意打亂空間的靜寂。

他瞥一眼《蟬》，體貼回應：「一個人即可勝任，你忙你的閱讀。」

你拍了一下手說：「看看這海報，悟出甚麼？」

眼球瞥了忙碌的他，正馬不停蹄地擺飾餐具：透明玻璃碟、鋼叉匙、小磁碟、一碟切排美觀的水果雜燴，尚裹一層透明保鮮膜。他回頭望著你說，「不錯啊，眼光特好。」

「我很堅定的跟他說你一定會喜歡。」你說。

「重點是你喜歡吧！你選的，況且這是你家。」

「我希望我們三人能如此生活下去，該有多好。」

「是嗎？」

「三人行必有我師焉。」他手擺著物件，嘴吐出一句。

「嘩！狗嘴吐出金句。」你開心地瞥了他一眼。

「那你一定是狗嘴長出象牙來。」

「好啦，你們兩個別狗來狗去，兩條公狗亂亂吠。吃飯要緊！」我打岔，擔心他們再吠下去，飯不知幾時才食得完。今晚公司驀然急招，奇蹟的要返回辦公室開會，不知發生甚麼吃重大事。

初次吃他煮的瓦煲雞飯，下足猛料：滲入蠔油、黑醬油、海鮮醬青、胡椒粉、紹興酒、麻油醃漬一小時切截的雞腿肉，切片臘腸事先煎過，切小丁塊的梅香鹹魚、撒上青蔥花一把、小淋香噴噴的炸小紅蔥油——縱然飯粒因黑醬油色澤略暗，但在炭火煮熟的「臘味滑雞煲仔飯」，透著五味雜陳撲鼻的香氣。他挖著香脆微焦的鍋巴，火速丟進嘴裡動用兩排皓齒拚命咀嚼，擔心別人偷搶吃掉。

「慢慢吃，小心燙嘴，沒人跟你搶啦。」你哄嬰兒般勸慰他。

「嗯，你們先食，看看給我打幾分？」他說完，走去廚房。

你歡愉地吃了兩大盤，他說：「放心吃，還有呢！」臉上堆滿如花的顏面。一開始我並不知曉他這全心付出的廚藝演出，是為了爭取甚麼。自他眉宇間如龍活躍跳動的表情，內心喜悅一覽無遺。我不知這是你面對我推移的第一步棋，還是他故意在你面前將了我一軍。然而這一局算你或他贏嗎？

我當時都不在意，在意的是隔兩天後來載我去看法國Francis Ozon執導的電影*Time To Leave*的神話。戲院瀰漫噁心的臭蟑螂味，而神話邊吃爆米花卻說沒有啊！神話真的僅約我看戲。戲散場後，神話要我自己回，說趕著回家陪父母吃飯，父親日日漫長等候，沒回返飯局開不成。我說真的假的，我肚餓了，你不餓嗎？神話說拜拜，順便道出看*Time To Leave*的真正原因，叫我從此以後別再聯繫他，因為下星期將去鄰國打拼，很難再見面。我詢問神話為何如此，神話說不想說出傷害我的話語。我依依不捨地偷偷請計程車跟蹤神話銀灰色的Honda City，發現神話竟然約好另一人吃晚餐，而那個人一點也看不出屬於他父親的年齡。

回返住所時，你姐姐剛剛到訪，而他失去蹤影。你似乎看出我一臉的疲態說：「我們在等你一同赴海番村吃海鮮。」我說：「謝謝。我現在真的很餓。」你姐姐遞給我半粒火龍果頂住半邊胃。我似吸血殭屍般，將火龍果當作神話的半粒頭顱，吸得滿嘴漿汁。你嫌噁心，趕快遞紙巾給我，催促快漱口準備出門。

迎向柏齡海番村那條膠林小徑依然烏漆麻黑。在車上你變魔術獻出手裡的腰果，說你姐剛自家鄉攜來，你媽剛烘好取來，新鮮脆口。接著你說：「可惜來不及攪碎做成你上次提及，柬埔寨吳哥窟著名的腰果汁。」你姐回應：「才不信你會做腰果汁，飛龍在天也會猛噴煙火了。」你看穿一切似的，帶我穿梭時空，來到海風撲撲，海浪逐岸的海邊高腳屋餐館。眼睛閃爍的小村民望著我們走進咿呀響的木橋。你請那手指甲邊緣髒黑的海人侍者，取來最好的辣椒螃蟹、鮮美蝦蛄炒飯、海參花蟹高湯、烏達蒸蛋、咖哩辣椒炒竹蟶……

初次品嚐蝦蛄炒飯，那鮮香濃郁，滑嫩的蝦肉滲進黃金炒飯的顆粒，吃得頭忙點拇指直豎。再加上三人剝著殼緊緊包裹肉紮實的螃蟹，歎著加點黑醋的海參湯。你看著我臉上洋溢的笑容，請海番捧出一碟菜，說我鐵定驚喜。我只差沒暈倒，怎麼可能？你特地交代你姐自古晉帶來新鮮的米靈蕨類，請廚師清炒然後灑點紅酒。我之後聽你說連福州人釀的紅酒都自攜，差點爆出笑聲。心情緩緩恢復，似腳下沒海浪擊拍的海邊展現美麗的海岸線。

## 二

隔三日的早晨。你返家時屋外陰霾密佈，正落大雨。你打開籬笆門，大型摩哆駛進前院。你掩上籬笆門時，我推開玻璃門與鐵門，自洗手間取出藍水桶，擦腳布，讓你褪下雨衣雨褲時，方便置入桶內，不用踮著腳尖躡步往後面廚房旁的洗手間鑽，搞到客廳遺留一灘灘待抹的水跡。

你脫除雨衣，放進水桶內，赤裸著上身。你擔心衣物弄濕，在鄰國工廠已褪除衣物，你說乾脆俐落。走進門後，你竟然故意作弄著坐在褐色皮沙發上的我說：要不把雨褲也脫了？反正沒其他人在。想不想看我全裸演出？

除了繼續嚼著小几上那罐 Country Farm 無籽紅葡萄乾，我緩緩睜開一隻眼睛瞄著從外面進門的你。

「你不信呀！」你望著我無動於衷，開始挑逗地說。

「真的不信我就脫了。」

我才不信你敢在我面前脫精光。你不是連換條褲子也要趕他出房間，守身如玉到也不知是真是假，還是純粹做個模樣給我這位唯一的觀眾欣賞。

「好，我脫了。」你大聲嚷。

「好，我看著。」

你真的脫了走進大門時，我卻眼不看為淨，在最後一秒緊閉雙眼。

你不管我有沒偷窺，急速衝上二樓，邊說要不要一起洗澡。我說怕棒打鴛鴦。耳聞你大嚷著甚麼，自二樓樓梯欄杆取下晾著的毛巾，衝進洗手間急促的腳步聲，關門聲，水流聲交雜著屋外狂嘯的風與猛擊的雨滴聲。

我沒管你，偎在沙發上扭開電視看新加坡Channel News Asia新聞。報導的卻是鄰國首相，被國民譴責為××總理，協同夫人坐在一輛HONDA 70的「古董摩托」上宣稱，國油價即日起，將隨國際油價浮動，政府不再津貼油錢，計劃建設國家的發展，爭取人民更好的生活……心裡暗咒果然是××總理說的××詞……

你圍著毛巾步下樓梯時，詢問我在罵甚麼？

我說罵你剛才沒給我看清楚，就跑上樓。你笑我是自己矯情地遮住雙眼，然後說，「怎樣？現在要看還來得及！自己動手啊！」

「哦，簡直是在挑逗人嘛！」我自沙發跳起來，你也隨著快點飛奔上樓，我尾隨於後，然後你趕快碰的關上房門。

「喂，你不是說要我自己動手嗎？」

「是啊，我已經躺在床上了。」

「你夠夠力哦！快開門啊！」

事後他在《懸吊半空的男人》旁詢問我，是不是怕生眼針，所以沒看。我打哈哈地帶過：「你還真會說笑。」

## 三　瘟疫在愛中蔓延著

自那天起，他好久沒露出成天愛扮可憐或可愛的童顏。當然有童顏不一定有巨乳，縱然有些男性乳腺是異常發達。

或許你姐親訪，不時驀然在屋裡似某種神秘生物晃來動去，似乎並不很方便。其他閒雜人士必須似公主駕到時迴避。她攜帶一尊未開光的佛像，置放在飯桌旁的架上，彷彿為了鎮住某些髒東西，亦彷彿為了窺視某些事物。她對我說友人贈送的，價值不菲。我瞥眼釋迦牟尼佛像，回應：哦。那佛像頭飾螺髻，面相豐潤，兩耳垂靠肩，身軀粗壯有力。事後詢問你要供奉屋裡？你說別理她，讓她之後自行帶回古晉老屋供奉。

她一現身的奇蹟變化，老家累積的惡習鬼上身般——滿屋開始……別想像女人似女巫擅長收拾屋子，輕盈仙棒稍揮，一切歸復原位，塵埃不沾。特別在你臥房，她愛表演般，搬出旅行袋中的李維斯牛仔褲、堡獅龍T恤、波西米亞飄逸長裙、X牌胸罩、蕾絲內褲等。有時撒滿床褥，鋪於臥房的地磚上，心情轉好時慢慢一件件的「收拾」。無論如何收拾，彷彿愈搞愈亂，她會愈開心。畢竟我還算「外人」，她那偶爾過來，沒褲穿時借你泳褲暫時頂替的男友都沒說甚麼。我僅冷眼旁觀，似觀賞臥房窗外的某隻不時出現胡亂撲飛的烏鴉。烏鴉現身，不管是不是來附近覓食，大吉利是，不知有甚麼事情要發生嗎？我不敢跟你說，也不知你有沒瞥見。

或許你不想他看到滿屋衣物亂飛的場景，還是害羞某些東西會太輕易曝露，似蛋膜不小心一觸即破。即使他師父前師父後，半親暱稱呼，彷彿那不是障眼法。某次坐在電視機前看添布頓Tim Burton《愛麗絲夢遊仙境》，我故意詢問為何稱呼「師父」時，內心直呼噁心到呼之欲出，他還能假裝扮純情地回應：每次師父都可以解決工作上所有的難題。

「幾時唐三藏變成孫悟空？」我反問。

「不是啦，你別搞錯成似《西遊記》的角色。師父天生在行修理機械，心細如塵，耐性好（彷彿在暗示甚麼），不得不崇拜啊！」受不了那基味十足的手勢語調還加上裝可愛。

哦完一聲，腳步迅速逃回房內，取出《金剛經》擋遮邪魔歪道般，連影碟都忘記取回房內私藏，讓它在放映機內獨自旋轉，直到某人一隻手指就輕易讓它停止。似乎這手指也在暗地裡想輕輕一按，某些東西就會輕易停止運作。

既然有些女人不似女巫點棒，屋內即刻一大片乾乾淨淨，如此任務就降臨童顏男人身上。童顏男人特勤打掃，專長就是愛乾淨，愛服貼伺候所謂的「師父」，程度直逼服侍皇帝。或許這是你帶他回返最重要的原因——廿四小時免費服務的男傭，自動得比機器人還棒，連電費也省下，發現哪裡骯髒，那裡就一塵不沾。他沒事就拿掃帚拖把，甚至掃到我關緊的房間。即使我在書桌旁閱讀，他依然敲門進來，在我狹窄的臥房喊「縮」腳，僅差藉故趕我出門。即使我說自己會打理，他客氣地說不用緊，反正是你的家，你的家就是他的責任，要好好愛護。當時我未發現任何敵意，或許開始確實沒有敵意，他還說是他闖進了你我的空間，打擾了。我笑笑後假裝上洗手間，對著鏡子罵：發甚麼神經！

你姐偶爾出沒的日子，確實比較清靜。我僅經常聽到你拿著手機跑進房間裡聽，細氣單邊對話，似蚊子撞上透明的蜘蛛網馬上粘住，擔心聲音不慎落入隔牆之耳。有時你窩在棉被裡，似整個人癱瘓，還是天生軟骨症般，閒著就躺，再閒著就繼續躺。尤其是你週末至星期二每日下午四點多，招魂電話鐵定鬼吼神怒般，喚醒你靈魂的追命鈴聲，不喚你起身誓不罷休。他藉著擔心你真的睡不醒，其實處女座的你，怎麼會那麼不負責任。縱然有時你連續每日工作一兩個星期趕工做超時，確實累得回返僅能似條殭屍躺臥沙發或床上。有時我在懷疑其實你是要讓他習慣每日睡醒，第一時間說出溫柔似水，女人都要靠邊站的聲音。若是我，可能聽到催命鈴聲後顫抖了一下，然後繼續好夢，反正遲到一些「男傭」會主動想盡辦法代打卡。

或許開始習慣「男傭」，甚至「男巫」特意打造給他自認為是情人的乾淨空間，他不在的日子，發現屋裡確實易髒。兩三天累積的灰塵，手一抹，一層層污垢，一團團銀絲滿地遊舞。電風扇一拂，化身銀蛇灰蟲滿地爬。你依舊放工返家後趴在軟軟舒服的淺黃花的沙發上，有時真的累倒睡著，還發出小小的哼哼聲——應該是呼吸氣息比較重的聲音，鐵灰襪子都未褪下。我不得不開始學習他每次為你主動做的家務：首先是掃地，抹地，這些比較基本的家務。反正我也住在免供房期，免付房租的雙層排樓。

初次在我房裡，要交付你房租時，你坐在我書桌椅子上支支吾吾拒收。追問原因時，你說：「反正你住這裡，也經常準備晚餐早餐給我。」

我反駁：「那也不能白住啊！偶爾還有你請吃，還白吃呢！」

「象徵性支付水電費。」

「那才多少錢？」

「這樣就好，好嗎？」你笑出酒窩，酒窩很甜，甜得我心軟掉，不知要說甚麼。

「怎麼，發傻啊！」你摸了我僅被母親摸過的頭髮。我眼眶濕濕的。開始有了掃地、抹地、清理屋子，接下來甚至為你洗衣服曬衣服，甚至洗床單，生命中的某些東西開始產生變化，另有一件奇怪的事情，我也做了：喚你起床去上班。奇怪的是，反正你都會醒來，至少有奪命電話催魂，但是，下班後我會匆匆忙忙趕回來打包或煮味噌湯或你喜歡的紫菜肉碎湯加料予你吃。我不知為何會如此。我給予自己的藉口：你原本說好收我房租，最後沒收，總要為人家做點甚麼吧。或許亦是出自對於之前你姐的事情，縱然後來她逐漸康復，重回工作的崗位。或許，更重要的是，當他不在時，他那隱藏起來的「元素」會發酵。愛一個人會傳染，似瘟疫一樣，瘟疫在愛中蔓延著。

## 四　沉甸甸地沉入心湖底

拉開玻璃門後，我走向廚房切酸柑，擠汁後撒丁點鹽，加深山木桐內的野蜂蜜，用陶匙攪勻。輕嘗一口，味道美好。刀切橙，削香梨皮，蘋果切割一瓣瓣。回頭聽見鐵門推開的聲響。腳步沉沉踏入客廳。

你躺在沙發上，不願起身。心情沉甸甸地沉入心湖底。詢問何事時，你告知，回返時遠眺長堤，黑壓壓的萬顆頭顱與摩哆，螞蟻般團團躦動。灰藍的新柔海峽，灰白初露曙光的天空襯底。

我聯想起某次跟著你越過長堤。一輛摩哆緊挨著另一輛摩哆寸進，有時停頓片刻。在人潮間，你額前冒滿未擦的汗珠，感覺你戴在頭盔的短髮開始汗濕。你「前胸」護罩一張偽黑皮，稍微鬆垮，沒套牢。

你用黑色大型摩哆載過我渡越長堤，僅一次，我歎足矣。未抵馬來西亞關卡，我見識到摩哆擁擠得前後左右寸步難移的情況，驚嚇一番。你說只需要坐穩後座即可。你再怎樣氣定神閒，臉上的汗依然直流。我拿出紙巾，你說沒關係。你沒說：人多，不好意思。寸步難行時，你索性關掉引擎，腳划著地走。我說可以脫頭盔嗎，汗在竄冒。你指著前方大多數的騎士說，脫掉比較舒服。原本五分鐘的路途，耽誤超過四十五分鐘。你習以為常地說，每天都是如此。所幸那次我提早出門，赴約的活動恰好準時進場。

你維持躺在沙發的姿勢，一動也不動。你開口說，剛才經過柏齡收費站後，被警察攔截。由於你想比較快回到家，故跟在另外一輛摩哆的後頭，盡量不靠近警察檢查的左邊。他們故意攔截你，請你出示身份證、路稅證件等。然後查看車牌號碼，左右後鏡有沒問題，詢東問西，最後問到沒東西，某位長相粗魯，身穿深藍制服的警察開口：為何剛才走向另一邊惹人嫌疑。你一直連說對不起，太累了，想早點回去睡覺。

警察說：「我們不累嗎？昨晚輪夜班至今。」

你一直道歉。他們沒辦法之下還是放人，縱然一毛錢也沒搜刮到。即使如此，他們連McDonald買一送一的固本也自你錢包取走。

你僵直地躺臥沙發上，腳掛在沙發扶手處直落。眼睛緊閉著沒開。倦態染滿蒼白的臉，一直以來紅潤的雙唇。

我說不是回來了嗎？沒甚麼事吧！

之後回程的路途中……發現有個摩哆騎士，在半途中被車……撞倒。

你親眼看到？

見到時，摩哆車後輪脫了，滾去一旁。那人已趴在路中央，流了一地血。絳紅的血漿灘在地上，都快乾了。我閉起一隻眼，火速騎著摩哆離開。

阿彌陀佛！或許你急著想見見快要上班的我。

你這個時候還開甚麼玩笑？

緩和一下氣氛而已。你認識他嗎？

在路上偶爾見過幾次，沒談過話。

你沒去報警？

你聽了片刻，紅唇再次蠕動：去鄰國工作，真的如此賤命？

看你是為了甚麼？

每個人嘛是為了新幣，還能有甚麼？

理想！

每天像條狗一樣工作十二小時，加上加班，休息的時間都不夠補回身體狀況。還有能力空談理想。

年輕還好，而且肯定也有原因啊！

很多人逼不得已，到最後別無選擇！

那也是個人的選擇！

很多不是為了自己，是成全家人！

是，是成全家人，新幣節節上漲，購買大大間的排樓，美美的轎車，豐衣足食……

更多其實僅是為了基本生存。

工作難道都不是為了基本生存，在這非先進國，未擁有福利的國度？

為了生存，已苟活殘喘，無暇談其他的。

所以才叫你去修學士課程。

真的有用嗎？我不喜歡開會、寫報告。

難道你想要今生今世，做牛做馬，都面對那些機械！

面對機械有時比面對人還來得容易，尤其是面對躺在路邊血快流乾的死人或受傷者。

你害怕嗎？

做了這行，還有甚麼害怕不害怕，有時好像在等待那天的到來，就是如此簡單而已。

我俯看著你，憂傷起來的模樣也蠻動人。

忘記詢問，那人樣子好看嗎？

這時候，還開甚麼，玩笑。

真的，有你好看嗎？放輕鬆一點嘛！

讓我躺一下好嗎？

很久以前聽同事提起，某位有兒女的卅歲女人，一直癡等遲歸的丈夫。過了一夜，眼睛也不敢閉一下。直到隔天警察通知去醫院領屍。她哭得暈死過去，醒來後再哭，似乎想哭倒家裡那堵丈夫用生命換回的血肉屋牆，然後再次暈倒……

事情很快會過去！我輕聲說。

後來瞥見有人躺在路上……其實這已不是第一次瞥見……都是快速離開，真的很擔心。擔心哪一天，躺在那裡的人就是……

別亂說！你疲累了。

我想扶你起來，然後慢慢走上樓梯。

我覺得有點起不來的感覺……

哪裡起不來，說清楚點。

你微微牽動嘴角說，都起不來了，你還開這種玩笑……

我緩緩地扶起你的肩膀，直起身來。一二三，起身……結果你沒緩緩站起來。

誰把你餵得那麼重的，我們再來一次好嗎？一二三……你別擔心，還有我呢！右手環抱你的雙肩，夾住你的腋窩，硬把你撐起來，來……舉步維艱的緩緩移步，二十多歲的身體突然變成了七八十歲的老人身體。慢慢來，我們慢慢走上樓梯哦！你的手也開始有動作，可以撐住扶把，另一隻手抱住我的腰肢，隨著我的步伐踏出一個個的腳步，攀上樓梯。你的步伐不是很穩定。

好不容易走上二樓，你右手抓了毛巾說，洗個澡……，我說你行嗎？你說：還有你呢！我說好的。我緩緩的將你扶進浴室。讓你坐在浴缸旁。冷熱水調成適合的溫度。

先脫掉衣服。我說。

你緩緩的舉起手，我伸手過去將之褪除，然後將衣服掛在門背後的小鉤。

可以了嗎？

你……說呢？

你不介意……我看著你身體虛弱的模樣。

都甚麼時候了……

我緩緩地除去你的牛皮腰帶，嗦一聲，腰帶脫出牛仔褲。除去牛仔褲的鈕扣，我開玩笑地說，你要不要自己拉下來……擔心夾到……

還搞笑……小心一點就可以了……

要不要縮一下……

你以為是肚子……啊！

待會兒夾到，以後不能用，你不要怪我哦！我笑著說。

你倒說得輕鬆。

那我手伸進去幫我你調一下，以免傷及……

你沒出聲。好不容易，脫除了牛仔褲，你穿著底褲，我幫你放水，調整冷熱水成溫水。

緩緩地扶你過去浴缸。你在我耳邊咬著：全部脫掉吧，濕了麻煩！

我一寸寸地褪下你最後的防線，底褲劃過白嫩肌膚發出沙沙微響，貼身飄散你身上微甜滲雜微酸的人味。底褲滑落地上叭的輕響。光滑的肌膚，一絲絲的毛髮在天井玻璃的透光中閃耀著，陰莖微露出龜頭。扶助你的右腳進入水漸滿的浴缸，水微微濺出，然後再扶起另一條腿，稍微在水中緩緩沉下時，你在我耳邊呼著謝謝，然後把我整個人拉進浴缸，害我短褲全濕。剛才蒼白的嘴唇，有了點血色，輕吻著我的嘴唇。眼睜特大看著你微翹的睫毛，手想推開，但又忍不住前來的突襲，擔心你的頭撞到浴缸的側邊。微暖的水包圍著你我下半身，你扯掉我的短褲。抱緊我，你邊吻邊說。原來你在這時候還有力氣，我懷疑剛才你的一切都是作假的……

身上藏隱一股鬼氣

多年未見，聽說你終於定居某地方，過著理想的「天長地久綿綿無絕期」的生活。事後我才察覺「天長地久」畢竟僅是理想，現實生活還是很現實、無奈，甚至近乎殘酷。

時隔多年，再次聽到你的消息時，友人哄勸我一定要去探望你。畢竟你我曾同住多年，共處一室半年，還常在我那單人床上扭打成一團。那單人床的木床架不穩，易塌。兩人經常連同床褥，在床架崩塌時陷入床底。然後兩人繼續邊笑邊扭打成一堆麵團般，難分難解。

友人用三寸不爛之舌遊說，似乎不依此，你那邊會天崩地裂。我笑笑地說好，心裡暗歎反正最近不太忙，還未去過你長居之處，新鮮的事正等著瞧。可以瞧個痛快。我總不能在友人慷慨掏出機票後，還拖著淚痕說好，或哭笑不得的說好。我習慣自己的表情比較淡薄，但事後給予「深刻」的印象。

友人將地址寫在一張被我折皺得可憐的條紋紙，我按紙索蹤，搭飛機乘巴士坐導遊車，好不容易踏進一座老舊房子。擱置多時的傢俱殘舊，灰塵堆積，牆角蛛網密佈，牆上污跡青苔拂來寒氣。你真的躺在炕上，身體乾瘦巴巴的，一副隨著老房子殘舊，眼看著就要敗壞。臭氣熏天。聽聞你不聽勸，沒人說得動你。友人說早年在大學，你我感情最親，嘗試哄勸，當做件好事，積功德。要不是友人事先說明你臉瘦得快皮包骨，其實連骨都快破皮突出，即使你出現在距離我幾公分的前方，鬼才認出你。

炕上罩著一層骯髒的白布。白布早已發黃，甚至某部分褐斑點點。蟑螂蟲蟻在你身旁橫行豎爬。村民都不靠近前門半步。怪不得導遊僅帶我到門口，然後假借有事先離開，似印度社會階級分明。我輕呼你的暱稱，叫嚷你的名字，你死屍不動。我試看用手插一下你腰間敏感的部位，你略有反應，頭似懶猴緩緩抬起，有氣無力地說：幹……嘛……？

上天派我來打救你。

你沒反應，繼續扮死屍死樣。氣氛異常詭異。

真的，雖然我不是天使，不愛扮天使，不能撲白翅膀。

我對著空氣放話。

大家委派我，特地從老遠，風塵僕僕為你而來。

你慢動作翻個身後，背對著我，沒反應。

我拉你起身，你摔開我的手，身體撲下去，塵土微揚。

個人能力單薄，我跑去隔壁，請左鄰協助。

左鄰丟一句：睬他都傻。

我掏出一疊鈔票，紅紅紫紫的誘惑。以為有錢真能使鬼推磨，原來僅能扇屁用。

為何見死不救？

憑甚麼幫忙？我又不認得你！

說得真好，我確實不認識人家。張口自我介紹，還是沒人肯幫忙。我挨家逐戶詢問，終於有一戶好心人家，好不容易逗得她金口開：沒用，大家都試過了。

到底怎麼回事？

大夥兒還要問到底怎麼回事呢！

難道沒有前因後果，無端端的躺在炕上不動？

那人瞪著我沒給答案。

夏天還冬眠，身體機能還真特別。

你管得著嗎？

我啞口無言。她的金口是開了，可是連金牙屎都沒不小心掉落。我想了想，最後只好詢問：那位「天長地久」的伴侶呢？

甚麼「天長地久」的伴侶，不知道。

甚麼鄉下鄰居，甚麼都不管，不知道，不幫忙。

嘴巴放乾淨點。那對面不遠的鄰居說完，乾脆摔門，隔門依然聽聞叫罵聲此起彼落。緊閉木門上的門環在搖擺。無風。

我尋覓公共電話打給邀請我來的友人。

當初我不假思索答應友人，他們僅說若勸得動你離開躺著的那個炕，任務宣告完成。他們連大功告成都沒用上，真是費盡心機。那時心裡暗笑，這有甚麼難的。

天下沒有白拿的機票。

電話撥通後，我迫不及待地說：不要害我嘛，根本是不可能的任務。

任務達不到，不許回來哦。

我還你全套旅程費用，分文不取。

你忘記我們簽了合約。對方嘻嘻地笑，故意氣炸我貪小便宜。

怪不得大家那麼好心，推舉這種事情，陷我入坑。

哈哈哈，甚麼坑不坑的，別那麼難聽。大家知道你工作疲累，熱盼飛去一個地方，而且是探望久未重逢的老朋友……

對準我的弱點開刀。誰出的餿主意？回去宰了他，再捅幾刀。

嘴皮利如刃，如此緊張狀態中還不饒人。

本性難移。現在到底要怎樣？

拿人錢財，為人消災。要是大家真的知道，還請你去幹麼？

真夠他媽的狠，你們這些死龜蛋，我不給你們害慘玩殘？

你最會解決各種危機難題，大家希望你能讓他起死回生。

我是常人，不是神仙。

友人說完再試試看，在忙著，我們再聊，然後直接掛斷電話。

我乾罵著：也真他媽的乾脆俐落！

我再次回返那老舊房子，發現啟程前一晚購買的新鞋子，在地上堆積的塵土中開出一朵朵的花。

門外停了一輛單車，一名公安氣急敗壞地衝進來，大嚷：誰？誰在騷擾左鄰右舍？

沒騷擾。

沒騷擾怎麼會有人報案？

誤報吧。

公安提高「誤報」二字的聲量。

我說剛從馬國來探望朋友，我右腳剛踏進屋裡，你左腳就踏進來了。

探望朋友？

是的，躺在床上那位。

那不是死人？

呼吸還順暢。

那是誰報案，害我白跑一趟。

我馬國的手機，在這裡不管用。

馬國在哪裡？

自己找地圖。

我接到電話，不知是誰打來的。急得快鬧出人命了。

舊同事跟我提起天安門站崗的公安特別帥氣，想不到您也特帥氣。

他笑了笑，嘴臉忽變地說：誰騷擾鄰居？他在睡覺，一定是你。

我閒著沒事幹，自找碴兒？

不是你還有誰？門牌４４４號，大吉利是。

我怎麼騷擾鄰居？

敲人的門，還罵人鄉下鄰居。

我在請他們幫忙，沒人理我。

幫忙？幫忙需要罵人？

我沒罵人，只是漏丟了一句重話。

是不是，還嘴硬？

我罵人幹甚麼？我朋友躺在床上快死了，請人家來幫忙抬他起身。

那也不用罵人。

我真的沒罵人，是一時口快，亂講了話。請行行好，幫忙我抬起朋友，送他進醫院。

我只是接到騷擾案件，不處理抬人案件。你跟我回去錄口供。

我朋友都快死了，請幫幫忙。

你在床上突然發出咳嗽聲。

公安嚇了一跳，冒出一句：真的不是死人？

我騙您沒好處啊？

公安趨近你，喊我：怎麼蟲蟻滿身爬？

剛才不是請您幫忙。

我不處理蟲蟻滿身爬，我先走了，跟墳墓一個樣。他環顧四周後說。

您不能走，好歹幫我扶他起身，救人要緊。

我沒接到救人的案件，不能處理。

您怎麼可以見死不救呢？

他又沒死？

我曲膝跪下，求他幫幫忙。

那你得去報案，報完我就可以過來處理。

搞不好那時他已斷氣。

躺了這麼久，還會咳嗽嚇人，死不了。

求求您好嗎？您要如何才肯幫忙？

我不是跟你說了嗎？先去報案。

可以用手機報案？

是的。

那您行行好，借我手機，行嗎？

你沒手機？

我的手機在您的國家不能操作。

買張新卡插進去，不就成了嗎？

是我一時粗心大意，不好意思。大哥，求你行行好。

拿去，快報案。別耽擱我時間。

報案後，他真的賣力幫我扶你起身。

你朋友怎麼這麼臭，有沒跳蚤臭蟲？

沒有。

他這麼輕，你自個兒沒本事扶他起身？

他不想起來。

他怎麼不想起來啊？

我也很想知道。

在扶你起身那刻，你突然抽動身子，哭出聲來，細聲央求別做那麼殘忍的事情。

我與公安驚嚇得同時鬆手。你整個人再次摔在床上。

塵土飛揚。一片灰濛濛。

有沒受傷？我急忙摸著你皮包骨的手詢問。

你不吭聲。

哪裡痛嗎？

抽泣聲響起。

你朋友是不是摔疼了？

求求你們放過我好嗎？你突然發聲，我嚇得突然鬆手。

我們不是故意的。你沒事吧？

你們走吧……我沒事。

你沒事？他們會大老遠誘惑我來做，做，做這種無從著手的事情。

到底是甚麼事？公安馬上追著我問。

我也搞不清楚。

搞不清楚你來做甚麼？

朋友們推舉我來幫忙他脫除困境。

甚麼困境？

你問他嘛？為甚麼窩在這裡，不吃不喝寸步不離這炕？

難道有寶？

寶個頭？

甚麼？

公安先生，幫忙我再扶他起來。

求你們離開吧，我很好……不用……掛心。

問題是我這次老遠飛來，假如沒解決你的問題，我回不去。

你跟他們說我絕不離開這裡。

我與公安齊問：為甚麼？

你眼睛始終沒張開。

公安馬上的反應：難道炕下另有乾坤？

「『天長地久』的藏屍。」我脫口而出。

「命案？」公安的反應奇速。

你如死屍躺臥不動。

難道你要在最靠近他的距離，繼續生存下去？

你在說甚麼？公安詢問。

沒甚麼，是一部電影的台詞。

快搬走他，去找支鏟。

兩人合力扶你，輕放你於門旁。公安跑去鄰家借了支鏟，開始死命地挖掘。他滿頭大汗，我遞杯水給他後，替代他猛掘。

別搞……了。你開口，有氣無力的。

我只是想……獨自待在這裡，你們別挖了，甚麼都沒有。

他呢？我問。

誰？

那個傳言中與你在一起共渡「天長地久綿綿無絕期」的人。

你都說……傳言了。

公安累得癱在地上，說不出話。

我對公安說不好意思，沒事了。您可以離開了。

我……我的案件怎麼辦？

你回去說，誤報，並無此事即可。

公安這次竟然乖乖地走，沒鬧事。真是奇蹟。

我拿開那鏟，發現了一小塊格子布料，包在一個透明紙袋中。

拜託別挖了……

我不顧一切地挖，可看出那是男性的衣物。

求你放過我好嗎？我只想維持現狀。

這是甚麼？

我不管你說甚麼，繼續挖掘。結果僅挖出一件紙袋包裹完美的格子四角短褲。

我生氣地走出大門，又走回來。

為甚麼？

你難道還不明白嗎？

眼前是一件好多年前，我遺失的短褲。那時你我還同房。猶記得那天我剛好將遺精的短褲放在床邊，準備清洗。而你剛刷好牙，跨進門。我急忙塞藏短褲於枕頭底下。你詢問甚麼東西這麼神秘。我臉紅紅說沒甚麼，擋著你的去路。你假借回應著是嗎，隨即搶先跳到我床上。兩人再次在單人床上扭打，我的右手抓住你的左手，你的左手箍住我的右手。單人床配樂般轟隆一聲崩塌。這次是最嚴重的崩塌，你緊緊地抱住了我。幸好兩人沒事。幾位同學雞婆地跑過來看戲。你雞巴卜基懶覺一連串飛出口，繼續吼：看甚麼看，沒看過床塌！

然後你故意在眾目睽睽之下親吻了我。我要推開你時，你已經飛速地逃離現場，遺留尷尬的我收拾殘局。單人床重新架起鋪好後，我忘記了那條短褲。晚上臨睡前記起時，短褲已不知所蹤。遍尋一無所獲後，未敢開口詢問你。而你事後甚麼也沒提起。不久，你搬去樓上的空房，故意保持一段距離，防別人說長道短。

重現眼前，完好無損的格子四角短褲。往事歷歷在目。我有口難言。我甚麼……都沒有了，僅剩它……。你哆嗦著說，然後要回那短褲，小心打開紙袋，放到鼻端猛嗅。你的瘦弱身軀扭曲成一團。你痛苦的在地上爬，想爬出門檻。

我哭得癱在地上，久久不能起身。

起伏的心恢復平靜時，不見你的身影。

我走出門檻時，不敢回望，速步離開。

途中遇見一位迎面而來，剛才猛捧我們的鄰居。她見了我，似見鬼，急速飛奔。或許我剛從地獄繞了一圈回返，身上藏隱一股鬼氣。

二〇一二年四月二日—二〇一七年五月

# 三娘煞

你喉中似乎有根刺，未拔出來，張口詢問：老師，是否可以詢問一件事。

請說。

你覺得有些人心腸不是很好，那我們還需要伸出援手協助人家？

那要視情況而定？

甚麼情況？

願聞其詳。

你聽過三娘煞的故事嗎？

沒有。

我阿姨的女兒，也就是我的表姐，即將要結婚。我姐打電話來。

哪一個姐姐？

吉隆坡那位。

哦。

小時候跟表姐她們挺熟，幾乎有點「青梅竹馬」一起長大的感覺。但後來她慢慢靠向另外一邊的阿姨勢力，那邊比較**使壞**的一方。

你是說似灰姑娘的後母那種。

哈哈。總之，我不太摻她們，她們心腸很壞。

害人？

那也不至於害到甚麼人？

我還以為十惡不赦。

總之就是嘴巴壞得需掌嘴。

掌爛嘴巴？

哈哈哈。你發出笑聲後繼續說：我母親身為大姐，開始懂事就要負擔家裡很多責任。由於家境貧窮，所以吃了很多虧，都往肚裡吞。

那時，你表姐不靠向自己母親，反而傾向你阿姨。你說到這裡，我詢問：是不是長期跟著她們的關係，導致有一種親情。

是的。情況大致如此。

那天，我姐告知表姐快結婚的日子。一開始不覺得怎樣，很快就到了睡眠時間。

甦醒時，發覺有點不對勁，屈指一算，仔細檢查後，發現那日是三娘煞。

嗯。

三娘煞，即是每個月的初三、初七不適合大喜結婚日。傳說古時候，有位名叫三娘的女子，長得花容月貌，但心腸卻毒辣。

就像表姐那樣？

嗯。但是這紅娘專門破壞人家的好事。尤其是男女之事，棒打鴛鴦，搞得人家雞犬不寧。因此，此事惹怒了專牽紅線的月老。因為月老的紅事屢次被三娘破壞。月老使辦法讓三娘愛上的如意郎君，不能在一起，這導致她身懷六甲時，自殺身亡。因此，若有人選在三娘煞那日結婚，三娘就會來報復，凶如猛獸。而那天偶爾碰到好日子，很多風水師會不小心忽略。

那有甚麼辦法化解。

辦法是有的。如有人專請有陰陽眼者，他就會瞥見紅娘穿紅衣，抱著嬰孩出現在結婚的現場。

嘩，很Chinese。還穿著紅衣來報復。

曾經有位風水師，想到妙計擊退在現場的三娘。那是清朝時代，他們請了個將軍。

此故事發生在大陸？

嗯。然後就促使有人放鞭炮，吵到將軍。將軍驅使軍人去抓惹事者，而趁此機會也趕走了三娘，而使大婚能在吉日，同時亦是凶日完美地達成目的。

你的意思是說，在你表姐大喜之日，可請個將軍在現場大鬧婚禮？

不是。

其實，現今也請不到將軍，況且你表姐也並非甚麼特別人物，應該沒將軍會赴約！

是的。

那有甚麼辦法。

畫符即可解決。

但是現在的問題，是你有沒把握她會聽你的勸說。

可以做到她會聽。

問題是有沒需要協助她化解這場問題。

嗯，這就是我想詢問的。

其實，若不處理，後果是甚麼？

小則兩人不能在一起。婚姻不幸福。

唉喲，不幸福的婚姻大把人在。

這樣也是。

兩個人在一起最重要是彼此尊重，互相忍讓，大事化小，小事化無。

談何容易！

大呢？

嗯，曾經發生過一個真實故事。有一對新郎新娘，選擇在三娘煞那天行婚。結果新郎在去迎接新娘的路上……

發生車禍？

不是那麼簡單。新郎的新娘車，撞向一棵大樹。

車毀人亡？

車毀人未亡，受點輕傷，可能有甚麼符保護身體。

真的假的？

真的！

是的，我開玩笑而已。

新郎自車窗緩緩弄出來。

弄出自己？不是爬出來？

比爬還要高難度一點，就是慢慢擠出身體。之後他終於弄出自己。但是看到那架車的引擎還在抖動，擔心爆炸，於是想去拔斷其電線。結果好死不死，就在那一刻，整輛車爆炸，新郎粉身碎骨的慘劇竟然在此刻發生。

嗯。

新郎父親自喜事轉辦喪事，新娘不能接受事實，快要瘋掉。新郎父親覺得事有蹊蹺，於是找來風水師傅詢問。結果發現是三娘煞，她來尋仇，很多風水師忽略了這點。但不可輕易開玩笑。

那你要詢問的問題——應該不應該幫忙？

照我看來，你表姐不是甚麼十惡不赦的惡人？即是幫了她，她也不會做甚麼大壞事，僅是玩一些芝麻綠豆的小東西。

是的。

那幫忙人家也無妨。第二，你幫忙了她，她會對你如何？

不會對我如何。

若幫到了，她會感激你？我看應該也不會。有些人會認為是理所當然。

嗯。

若你幫倒忙，她反而對你會更不客氣，更惡毒，怪你一世人。那不是幫倒忙？

也對。

最重要的其實是你心裡的那一關。

是，老師講得對，那一直是我心裡的一個疙瘩。

你認為想要協助她？若是，原因是甚麼？

我也在想。

若僅是想要協助，因為她可能在三娘煞那不好的日子，碰到些問題，其實世界上還有很多人有各種問題。你能幫得了那麼多嗎？譬如說你很有錢。但是世界上的窮人非常多，你幫得了嗎？很多東西需要視你與她的緣分。緣分到了，你就會幫忙。若不是，你都可做選擇。選擇永遠在你手上。

……

或許，你原本就在猶豫要不要幫忙。但需要找出幫忙的理由。邪惡或壞不壞，其實又是另一個問題。若邪惡到會傷害別人，大可不幫，那是助紂為虐。

若無傷大雅，又是另一回事。無論如何，你幫得了這個，也幫不了那個。有時經驗會讓人麻木，譬如醫生經常遇到生病的人，醫久了，很多人會麻木。你需要看看你自己的心。也要做出選擇。幫與不幫僅在一線之間。能幫的就幫，幫不了的，也沒辦法。世界上還有很多事情等著我們去做。特別是重要的事情。你自己覺得如何？

老師，我明白了。感謝。

二〇一五年一月十七日

蛇氏藥房

水蛇腰舞動，新上任秘書披於身上的俄羅斯猞猁皮草跟隨扭擺，流露自然美態。公司眾多男同事鼻端傳來異香時，死金魚眼緊盯，我以驅散蚊蟲的手勢說：「看甚麼看，沒看過女人……」他們深懼自我喉嚨惡毒地躍出：「你老母也是女人，不會回家看個雙眼紅通，汗屁齊出……」大夥兒趕緊一拍兩散，但眼神不免偷偷投往坐在我辦公桌前面的女秘書。內心蠢蠢欲動的聲音，醞釀著想爬出口腔：才頭一天，這些老少男人，盡使出單眼皮的瞇瞇色眼，只差沒懸吊鼻涕口水，張開血盆大嘴，舌頭伸長滑落，舌尖不小心碰觸冷氣口猛颳的涼風，才驚覺身置辦公室。

（鼻端傳來的異香，事後回想，腦海赫然浮現——皮膚專科醫生蛇氏，戴著「眼鏡蛇」墨鏡，扭著與胸部腹部齊小，一掐就斷的腰肢，咻一聲縮進辦公室掩上門。整排枯坐等候的病人，僅覺得有陣風颳過臉孔，涼冷冰，差點麻麻的。空氣間飄散著一股濃烈藥味，掩飾了飄過的異香。那股後來才知曉是蛇莓的異香味，與新秘書的異香契合，淡淡薄薄的。）

午餐時間，邀請新秘書共進午餐。她欣然接受，我倆在眾目睽睽之下，移步樓下對面街的意大利餐廳。我背後彷彿貼了張「真的請勿騷擾」，沒人敢越雷池半步。下班時，她似一陣妖風輕拂，失去蹤影後，異香也隨著消失。記掛她是外坡人，擔憂沒車沒親友，想邀她吃晚餐。然而，那手機僅傳來蛇吐舌的嘶嘶聲。

鬱悶地駕駛著四輪驅動車前往霸級市場，車停在露天停車場。在提款機前，手指尖完成腦海拼湊的數字遊戲。我排隊購買了一瓶低脂鮮奶、兩罐Nestle藍莓無脂酸酪、成串誘人紅葡萄後，走出戶外。我按了新車的控制器。車子似堆爛機器，沒反應。前車門的鑰匙孔插不入鑰匙時，我驚覺孔內殘留著折斷的半截鑰匙。嘴中急得媽媽罵，步伐加快跑去找霸級市場的客服人員。馬來客服小弟說他無法處理還不打緊，指著要我看停車場牆上掛著的藍色牌子：「請鎖好車子，一切損失與本霸市無關！」我馬上朝那爛牌子猛扔了一粒石頭，甚麼爛霸道市場。彷彿發出乒乓響，內心就好受一些的騙人把戲。旁邊閒站著的馬來服務小弟嘴裡學著石頭撞擊的聲響。「你給我滾遠一點！」我失態地嚷喊。「好好，別嚇唬我，這種事情每天發生，車子沒被偷掉就謝天謝地謝阿拉了！」

這是怎麼回事？新車幾乎被偷，顧客還得忍受馬來小弟奚落。我不知應該慶幸整輛車還靜靜停泊於眼前，還是欲哭無淚面對難以收拾的殘局：人若走開，擔心車子真的遭竊；留下守候又不知如何是好。好友們不是出新加坡搶錢，就是出外坡渡假未返。那馬來小弟「歉疚」地攜帶虎背熊腰的技術人員檢視情況。他剛取出開鎖器具，暴風雨不客氣地橫掃豎襲，銀彈般隨不斷變換的風向掃射地面。

「忍耐一下，一下就好。忍耐將成為半個大司教。」他一邊唸經般，對著我說。快成落水狗死樣的我，看著他微瞇的眼睛認真工作，豈敢向他轟罵：「去你媽的甚麼半個東西！」他提高聲量說去拿枝大傘，屆時我可以幫他撐傘。結果僅剩我傻傻在風雨中守候，最後忍受不住頻襲的雨勢，暫且屈身走廊屋簷下，一個可以監視新車的角落。

（雨中忽現女秘書隻身孤影在不遠處搖晃，撐著大紅傘路經霸級市場的籬牆大門前。我不顧一切狂奔趨前。跑到籬牆大門前，視野一片白濛濛。哪來的大紅傘，孤身女秘書？我濕淋淋的見鬼？事後我跟朋友提及此事，他們笑到前仰後翻地說：夠力，居然看見眼前有隻色鬼。）

淋了一夜暴雨，隔天輕微發燒，身子並沒火炭般燙，以為身體無大礙。

驅車上班的路上，太陽穴時而抽搐暴痛。我擔心可能是前陣子公寓流行的骨痛熱症，因戶外近來偶爾噴蚊煙霧四起。身體未出現忽冷驟熱症狀。辦公室冷氣吹拂時還自歎涼快。午餐前，熟稔的女同事擦肩而過，鬼掐喉嚨般死命嚷叫：「頸項怎麼出現一塊塊粉紅異狀，不似瘋狂的吻印咧！」我嘴呼出熱氣地學她罵道：「見鬼呀，喊這麼大聲？」

一頭竄進洗手間照鏡時，耳邊傳來她漸弱的尾音：是見鬼……男人沒抹粉擦口紅，上班沒喝酒，哪來粉紅異狀。那女同事可能背著我偷笑男人老狗，已非青春少男，還學年輕人撲進洗手間的窘態。開始擔憂著逐漸病弱的軀體，難以對抗堆積如山的業務。剛才老闆還特意好心的假借詢問病情，打通奪命追魂電話。幾顆似皰疹的紅腫痘粒無所遁形，在「照妖鏡」前可愛又恐怖的跟我說「哈囉！」。若是骨痛熱症的紅疹可不好玩，死神愛陪伴左右。由於期刊出版的緊急業務日夜趕工，病痛暫且擱下，等待回家後再觀察。況且我久病成「良醫」，成年後患上懶惰見醫症，有病自己醫，沒病入膏肓通常置之不理。理所當然我有自知之明，補牙拔牙動手術等，我微薄力量鐵定沒轍。

放工後，原本打算繞著樓下辦公室的操場跑步排汗，腳卻軟弱無力。晚餐胡亂吞吃開會剩下的水晶糕與糯米班蘭青糕。返家對鏡查看病況時，紅疹蔓延至胸口及頸項後部。我試著擦上郭淑芸生癬王藥膏、「摸屁股」止癢藥膏，不但無效，紅患處反而顏色漸深。我搬了張椅子，取出束之高閣的藥箱。幾年前與父親鬧彆扭後，凡是他贈送的藥物，無論是他親自泡製的解毒藥精瓶、推拿藥醋，親自種植曬乾的神殼止瀉藥、苦心蓮粉末、專治白喉症粉末等，我見之動氣。母親特地從家鄉趕來慰勸時，幫忙收拾，藏在儲藏室木架最高一格。久未觸動的解毒藥精瓶，紅蓋瓶外長滿了白霉。手以濕紙巾輕抹白霉。此藥專治生蛇、毒蟲叮咬、有止血、解生丁、毒中、山蝦等，可謂無試不靈。用白棉花蘸貼父親泡製的解毒藥精兩次，紅疹未見消退。我內心暗歎連百靈藥都失效，似我倆難以起死回生的父子關係。

隔日請假。不知名的病情逐漸嚴重，驅車赴最靠近公寓的淡杯政府診療所。馬來護士指著手握編號的一大堆病人說，她們已事先預約。坐在診療所椅子上等待的婦孺老人，無所事事的閒聊、觀看電視第一頻道播放的超爛節目、或逗抱小孩，場面有點小娛樂場。食指輕按護士桌面的機器後，排名編號一四七被吐出。護士叫我慢慢等。耳邊響起「慢慢等就有」的幻音。十點多，才排到第六十六位。我真的需要慢慢等。我在護士櫃檯旁晃動。

星期五中午幾點休息？

十一點半暫時關閉。

祈禱後幾點辦工？

兩點四十五分。

內心暗罵他媽的，哪有可能輪到我，今天鐵定白等。於是我溜出大門，往士姑來吃碗晶晶滷鳳爪麵，撩一下那捧麵的店主女兒，還暗爽一下。店主女兒捧麵過來時，瞥見我頸上紅疹，雞婆地詢問是不是性病。我笑說，你還真幽默。她建議我去士姑來中學門口對面的中藥店看病。我匆忙吞食幼幼的麵條，離去前竟然忘記付帳。

七年未變的中藥店，老闆風采依舊。大學時期，一旦發燒、肝火盛、喉積黃痰，找他鐵定藥到病除。掀起衣領，他氣定神閒說我皮膚敏感，囑咐外敷青草膏，專治皮膚菌病、疹子、搔癢、甲微菌病及疥瘡。我吃了定心丸，人似沒事，直撲回辦公室繼續堆積如山的編輯工作。同事見了紅紅的頸項說：「塗上藥膏，有消腫哦。」我聽後減輕心理負擔，略為放心。

頸項紅腫皰疹繼續蔓延，所幸沒「紅杏出牆」越過半邊頸項。某同事驚歎症狀似報章照片中，偶見的愛滋病患者。他們勸我乖乖回家養病為上策，彷彿接近他們，此病馬上傳染，引發辦公室瘟疫。傍晚時分，我嗜睡，躺在床單底下鋪層玉石墊的床褥上。

（縱然沒赴監獄博物館，夢中卻出現我孤坐於牢室內。四面冷牆，不見天日。微弱的燈光自高高的窗口投射，施捨可憐的亮度。

隔間聲音響起：「聽過監獄井內鬧日本鬼的故事？」

新秘書的聲音響起。我內心暗忖，難道這是幻覺？

「我聽說你除了愛講鬼故事，更愛聽鬼故事。」

「哪來的小道消息？」

她噗嗤一笑說：「我這就過來陪你。」

「鐵門緊鎖，你怎樣過來？」

「這還難得了我蛇小姐嗎？」

驀然間，她現身我牢室鐵欄外，對我眨著黃金蛇眼說：「你不介意在你面前脫除衣物，方便進入鐵欄？」

「甚麼？」

她低聲責道假惺惺，開始寬衣解帶。全身赤裸後，她忽而蛻變成鱗片閃閃的蛇，緩緩穿過鐵欄，發出鱗片摩擦鐵欄的滋滋聲。蛇頭開始蛻回人形時，她裂嘴噴出：「沒嚇倒你吧？」

愣得我嘴開闔闔，言語難以吐出。

「你不介意我下半身保留蛇的模樣，似伊甸園古蛇在給夏娃說故事吧！」

我嚇得驚醒，全身冒汗，嚷出：我不是夏娃，也不是亞當！）

午夜十二點正，頸項長皰疹部位開始發炎，引發傷口疼痛。我輾轉難眠。除了試用各種藥物無效，閱書難以專注，只好觀賞電視播映的《蛇眼》「止痛」。公寓窗外傳來樓下泳池旁，馬來餐廳關門前收拾殘局的金屬雜聲。清晨六點，方才昏昏睡去。七點半就睜開雙眼。手指翻閱著黃頁電話簿找皮膚專科，準備星期天去門診。試搖了幾間皮膚專科的電話號碼，時間可能過早，沒人接聽。無計可施之餘，只好擾同事清夢，尤其是遍尋皮膚專科治療頑疾的小

Y。半睡半醒的聲音傳來：大多皮膚專科在星期天休息，不過蛇小姐昨日特別交代同事們，介紹我前往市區最著名的皮膚專科蛇氏藥房，星期日門照舊開開。（如此形容好像蛇小姐的腳開開，怪誘惑的）。他叮囑我早點去排隊，皮膚專科不接受刷卡，身上至少帶足兩百元防身。

（當時我沒聯想起蛇氏藥房與新秘書蛇小姐的關係。或許他倆真的關係不深，輪廓不像，身材不像，出生與成長地不同……蛇小姐的蛇腰在我腦海裡開始緩緩擺動，皰疹似蛇纏住頸項引起劇痛，意識回返現實痛楚的世界。）

蛇氏醫生九點三十五分抵達診所。戴墨鏡的蛇氏，酷似謝賢，怪不得男女老幼不惜傾囊支付昂貴的醫藥費。他似風掠過，動作迅速。第二位病人後，他拉開門，禮貌地喚我進入。他辦公椅後的米白牆上，掛著蛇眼蛺蝶標本。墨鏡依然罩住醫生雙眼，好像王家衛見光死扮有型。醫生專業地說：患上似水痘的皰疹，俗稱生蛇。我正不解為何敷上父親專治生蛇的解毒藥精仍未見效。他繼續道出這是出水痘後，潛伏在頸項的第三條神經線，所以僅在頸項半邊生皰疹，另外半邊則沒事。若是整個頸項被蛇繞上一圈，他嘿嘿笑說，那便是受主蒙恩的時刻。這時，我險些失禮地呸他一臉口水。

近在咫尺的桌上，蛇氏戴著蛇眼寶石戒指的右手，攤開一冊圖文並茂的皮膚疾病專書，展示此皰疹的病況，請我面向長方鏡對照。他確定是抵抗力弱，潛伏的病菌趁虛發作，但醫學未確認真正病發的原因。他介紹兩種口服西藥：德國出品的四百多元，吃三粒撐一天；另一種五年前尚賣五百多元的英國西藥，如今僅以一百八十元出售，但一天需服五次。藥量開足一周，病假也慷慨的批一周。我詢問兩種個別配藥的總額。他輕按墨鏡，倒背如流地念道：「門診費五十、藥膏二十五、口服止痛發炎的……若選擇昂貴的是七百多，便宜的則四百一十。」我差點漏嘴失聲嚷道：「你不會去搶！」

（每次譏諷朋友，昂貴的醫療費是治療心理問題的靈藥，愈貴愈見效。事後與友人聊起，初次背棄中醫父親，相信蛇氏西醫天殺的四百一十元醫療費能「馬上」治好紅腫皰疹的各種理由時，他們笑稱：「報應來了，甚麼種種理由。」這些理由包括：身心折騰了一整夜、心浮氣躁、反應遲鈍，再加上父親的解毒藥精未見效，對父親的信心指數已跌入谷底；反之，相信服食蛇氏「毒藥」後痛楚會馬上減輕的一線希望——皆是反擊仇視父親為中醫心理的最佳出口。）

雙腳有氣無力的橫跨馬路，抵達對面街的渣打銀行提款。或許病情嚴重，間歇性失憶般忘記密碼，按錯密碼後再試兩次，提款卡即刻失效；同時忽略信用卡可以提錢。好友出國，不能現身借錢，或協助窺看居家二〇四六房中某冊書籍最後一頁暗藏的密碼。我觸摸褲袋，發現忘記攜帶手機。疾步走進不遠處的報館，登上二樓階梯，厚著臉皮向記者朋友商借兩百元急救。結果他說五十都沒有。此時，我還真想抓狂地走出報館街學搶匪在路上攫奪。

病懨懨地驅車返家，打開《達文西密碼》最後一頁，發現並沒我的密碼手跡。危機意識超強，養成經常更換密碼地點的習慣。我緊張至腹疼，衝入洗手間，腹瀉得大腸都快拉出來。蹲坐時，勸自己靜下心，追想最後一次瞥見的密碼。排泄物不客氣勇攻直衝時，我靈感突襲，並非《達文西密碼》，而是後來添購的《解開達文西密碼》。抄下另一張提款卡密碼，驅車找提款機取錢。疲累地返回蛇氏藥房付帳時，櫃檯的馬來胖妞一瞄到錢，謝謝沒說，動作則比劫匪搶錢還快，急忙捧進帳房。

挨到家門口後，我乖乖按指示吞服紙盒上明寫的「毒」藥，敷上雪白的藥膏，結果是心理上獲得無限的安慰。多年避忌口服的昂貴「毒」藥，和水服下時暫且忘卻其毒，內心果然好受得多，躺在床上休憩。頸項患處傳來陣陣抽搐的痛楚未減，催人夢中驚醒，鞭撻著我脆弱、微微顫抖的身子。望著床邊小几上三人在雲頂的全家福，驀然我擔憂起父親邁步老年，經常病疼的身軀。父子二人病疼的身軀，此時超越了年齡與父子關係。手指觸碰手機，隨即擱下。皮膚刺痛延續折騰了一日一夜。病情的蔓延緩和些許，但皰疹紅腫未見好轉。我安慰自己：藥貴並非神物，不見得馬上奏效。

夜晚時分，忍不住搖電話向母親報告。她驚叫為何不貼上父親的解毒藥精，遲些小心殘留難看的疤痕，像鎮上那位超市老闆，臉頰上……我回應貼了未見效。她緊接著說：必須以棉花蘸濕敷貼，連續幾個小時。藥水乾後再貼上濕濕的新藥，不消腫才怪。母親提起那天表弟腳生蛇，可能是生龍吧，就是比較厲害的蛇，腫處比他的腳趾公還大，在母親搶救之下，不及半天，腫處幾乎恢復完美的原狀。

再次取出束之高閣的解毒藥精，手忙腳亂地沾濕薄薄白棉花成茶色，對鏡敷貼患處。空氣間飄散草藥與酒精的混合氣味。一片片的棉花貼在頸項患處。敷貼全部皰疹紅腫處的過程費時十分鐘。最早敷貼的棉花已在酒精迅速蒸發之下，乾得邊緣皆翹起，暗示敷貼過程需重新來過。無需一個小時，紅腫果然消退不少。搖電話急忙向母親報喜，她打蛇隨棍上說：不如趁病假回家修養幾日，吃些藥材湯補補身子。我回應再視病情如何，況且皮膚專科醫生千叮萬囑，不能隨便在大庭廣眾散播病菌，以免傳染給未出水痘的人。她口中叨念，生蛇哪會傳染。我倆避開父親話題。聽聞父親滿臉哀傷的皺紋愈疊愈多，雙手偶爾難使力推拿，還需要母親熬夜推拿治療他病痛的軀殼。父親身為推拿醫師，諷刺的患上痛風症。這兩年與父親牛脾氣僵持不下，母親怕我一聽聞父親就收線，整星期不理睬她。

隔日，頸項患處，消腫的消腫，結痂的結痂，僅殘留小小淺淺的紅點。母親搖電再勸我返家小住幾日。我回說微恙在身，若情況轉好，一定買機票回鄉。可見家人比我思鄉情懷更氾濫成潮。這些年來，長期身置如戰場的公司，縱使常與母親聯繫，但話題僅能圍繞著滷雞、滷馬鈴薯等家居瑣事，不能見面終隔一層。與父親的關係，連他特製的解毒藥精瓶外都長滿白霉，更別說忘卻正確的使用此藥精的方法，倔強的脾性或許源自父親的遺傳，導致出現的生蛇慘況。

（門鈴突響。蛇小姐驟現於家居門前。我忙問怎麼大駕光臨，不擔心被傳染？她詢問開診所的表哥，曾出水痘的她不會有大礙。她客氣地攜帶了幾粒紅蘋果置於客廳的玻璃几上。我趁機詢問，蛇氏真的是她表哥？眼光果然犀利，一眼看穿病情。她察看我病情，驚訝地說已痊癒，沒表哥說得嚴重。我解釋貼上父親的解百毒藥精，神奇地消腫結痂。她大呼怎麼可能，明明是服食她表哥開的藥丸，兼搽上那薄薄一層雪白的藥膏。我堅決說沒騙她，希望她可以順道詢問他，那些未吃，尚在盒內的藥丸，是否可以退款。她輕蔑地罵句「神經病」，摔身如蛇扭到門前，砰的關上門。我急著衝出門時，蛇影無蹤。）

蛇氏聽到我在電話中報上姓名後，慇勤地詢問病情。我說大病初癒。蛇氏的反應是：「你開玩笑吧，怎麼可能？」

「是真的。」

「我當皮膚專科卅年，未見如此奇蹟的藥效。」

「因為我並非採用你的藥，而是敷上我父親的解百毒藥精，在數小時內奇蹟的消腫結痂。」

他打哈哈地笑說：「不可能。」

我詢求那些未服的藥丸退款。他說怎麼可能，還罵句IMPOSSIBLE，狠狠蓋下電話，震得我急忙蓋住外耳。

桌上躺著攤開的幾排藥丸，我掃入塑膠袋，拎著上蛇氏藥房尋求退款。蛇氏賞吃閉門羹，吩咐那日收款項的馬來胖妞下逐客令。藥房內的病人如潮。我瞥了櫥架上擺滿各款式的蛇模型。蛇模型自米開朗基羅畫裡伊甸園那條人蛇合一纏樹的造型、威廉・布萊克畫中在伊甸園誘惑夏娃那條狡猾的古蛇、《小王子》中那條神秘的蛇、哈里波特勁敵佛地魔的化身、《白蛇傳》中的白娘娘、印度文化中龍蛇混雜的Naga藝術形象至米南加保人那條在十二世紀摧毀蘇門答臘村莊的Sakatimuna巨蛇等。縱然有些似一根手指頭般細，但動作卻誇張地張開大嘴，猛露毒牙攻擊著貓頭鷹模型。我發覺自己與病人們都似貓頭鷹，無奈地等候蛇氏猛張大嘴，露出毒牙，吐出毒氣，**彷彿來到地球上鐵石心腸**的診療所，因為這裡被認可最有效的解決所有皮膚問題。我不客氣地大聲嚷喊：「老蛇，你的昂貴藥物不見效，我改用中醫父親的藥精治好『生蛇』皰疹，現在將未吃的藥物退還，你為何閉門不見？」坐在沙發上的病人一位位圓睜雙眼，其中一位病人吐出：「好戲正上演。」我狠狠瞪他一眼，繼續嚷叫：「老蛇趁我生蛇，秘密安排他的表妹蛇小姐在我辦公室誘騙來此藥房，收取昂貴醫療費。重點是吃了有毒性的藥敷藥膏一整日並未見效，害我繼續疼得死去活來。這還不打緊，老蛇不相信病情七天才好的病，擦了我父親的藥精，未及幾個小時皰疹就完全消退乾癟痊癒……」

蛇氏鐵青著臉跑出門喝道：「你再狼嚎狗吠的，我馬上請警察逮捕你。」

我回應說，「難道你除了吞人化骨，不好奇我的病情為何神速痊癒，可以協助更多的病人嗎？」

「那是不可能的，你馬上離開藥房，不然我告你譭謗。」

我脫了襯衫的兩粒鈕扣，扯開衣服給他看。他喊道：「我沒興趣看你長毛的胸部，你馬上滾，別像隻癩皮狗，生了髒病，亂嚷亂吠。」耳際奇異地響起小王子臨終前的話語：「**千萬不能讓蛇咬了你，……蛇呀，是很壞的。它們可以只為取樂而咬人……**」隨即，胖妞拿出我的醫療記錄白卡，撕碎後撒在我面前，用掃帚邊掃碎紙，邊趕人。我見勢馬上趨前搶了掃帚，不知哪來的力氣，掃帚瞬間成兩段。病人跟著起鬨。幾位強壯的病人抓住我，逐我出門前放話：「我們等著看病，沒人會理你的，別再來呱呱吵了！」

憶起父親醫療人群數十年，不斷以草藥、推拿等方式研治病情，收費低廉，有時甚至免費給予醫療服務。在蛇氏藥房前，我不由自主，蹲著啜泣。某病人罵聲：「哭甚麼屁，神經病！」後，轉頭關門，以防冷氣外洩，擔心我的哭聲影響蛇氏藥房內的病人。我緊閉雙眼，蹲坐五腳基。

有雙溫暖的大手，突然扶助我起身。我凝視著黝黑、皺如鹹菜、長滿老人斑的手背，感覺是那麼熟悉，似好久以前的事情，近來異常陌生。抬頭一看，是父親含笑的臉孔。

「父親怎麼來了？」這是我即時的反應。

「一個人來？」他笑得更燦爛，彷彿在告知一些事物。**彷彿從前他在我身上耗費的時間又回到了我身上**。

「怎麼不見母親伴隨？」我倆過去的一切冰釋。

父親手上還拎著一小袋香味撲鼻，母親親手做的滷馬鈴薯。

手機忽響，母親搖來電話，緊張的聲調告知：「你父親突然在蹲下身時，不省人事。現在躺在地上，怎麼辦？」

「父親不是來看我嗎？他剛剛還在我身旁。」

「現在不是開玩笑的時候。」

「他剛才還扶我起身呢？」我轉身四處尋找父親的身影。

「你玩夠了嗎？我在跟你說……」

「奇怪，剛才明明在我身旁，還拎著你煮的，我最愛吃的滷馬鈴薯。」

「廚房裡確實煮著滷馬鈴薯……他不知吃錯甚麼，可能喝了那杯自冰箱取出的七星針茶。」

「怎麼回事？他不是常喝藥茶，打太極拳，身體還可以嗎？」

「你拒絕了他安排的婚約，轉身離開，使他顏面盡失，沒再回返之後，他傷心欲絕，身體每況愈下。你三年沒回家了……」母親講到最後時，聲音哽咽得難以聽聞。

我默然片刻，然後說「先別談這些，快請鄰居幫忙送進醫院吧！」

我似捏成淚人般，哽咽聲催我按斷電話通訊。

手機驀然響起：「**沒事的，不過像是蛻去一層廢棄的老殼，老掉的體殼沒甚麼叫人悲傷的。**」

我再次抬頭時，剛好望著蛇氏藥房的門口。蛇小姐突然開門跟我扮鬼臉。她張開巨大的紅嘴，似蛇欲吞噬雞蛋的姿勢。然後她關上門。我對自己說：這絕對是幻覺。

這幻覺似隔天我在返鄉的飛機上，贈送的報章瞥見地方版相關蛇氏的新聞：

舊山皮膚專科名醫　晨運遭襲入院急救

報章我旋即轉送隔壁的乘客，哪管那人是被尋仇報復、劫財劫色，抑或毒蛇襲擊……翻開手上聖修伯理的《小王子》，閱讀小王子與蛇有趣的哲理情節，特別喜歡「我」抱著懷中脆弱的小王子的話語：「**我所看到的不過是一種表象，最重要的部分是目不可見的。**」

註：凡文中黑體字部分，引自《小王子》原文翻譯本。

二〇〇六年六月十三日－二〇一三年一月三十日

# 丟書行為

## 0

若不小心踏入獨霸市場的連鎖書局辦公室，你可能會不謹慎瞄到牆上的行事曆，每個月的促銷活動一覽無遺，大型促銷活動至少有四至五次之多，最大型的超級促銷活動——清倉血本無歸是其中最強震的一擊，最受落吸睛的活動，接近可稱之——故意策劃的一種「丟書行為」。

## 1

成堆精美嶄新的書籍，未見破損或折頁，甚至有些尚包裝保護於透明的膠紙內，安詳地躺在裡邊睡一兩年或幾個月的懶覺。即使有些稍微損傷，亦可能是現場翻書者丟東棄西時不謹慎傷及，或不被愛惜折損（未買之書皆非己物）；或有些漂亮書皮、封套書衣真的磨損，白書皮吃些骯髒，但無損書中的彩頁排版或文字內容。

當一批批精美厚薄、內容五花八門的新書，一盒盒攞上八或十二個長桌供嗜書者似禿鷹從空而降啄抓覓食——有宛如利爪還帶著戒指的手指，有嘴巴與其餘購買者呼應交織的噪音，有雙腳移步迅速猛擠的陷阱，形成一場書局每年在購物廣場最寬廣之處，故意讓嗜讀者徹底表現的一種行為藝術。看似一場眾人參與的慈善活動，又饒富商業意味的風景；鼓勵閱讀風氣最徹底的表現，又似挑戰抗拒閱讀的讀者的一種行為；試探國民如何與書相處，同時頑抗國民一年不僅是閱讀幾頁書而已的可笑咒語；玩弄人群貪小便宜的心態，同時又擺著老大哥的姿勢——本店就是有本事如此傾銷，挑逗讀者，合句粵語：你吹咩！

良心遺存的購書者內心激生一場矛盾的拉鋸戰：內心渴望搶購，不顧一切的狂買，一冊兩三塊錢，吃一碗麵都不僅此價；瞥見原本售價動輒數十元整百元的好書，如今廉價即可購獲，俘虜人心之餘，更教人痛心疾首。無形中，這也養成讀書人趁清倉大減價，每人等候這良機特搶購，平時無需增添任何書籍（除非急用之書），造成惡性循環的心理。

某些策劃書展者殺臨本市時，從內心自忖到開口探問，為何他辦的書市萎縮如淡市，即使出現少許人潮，但無太多人購書。來者窺不出一個所以然，到底本市的讀者出了甚麼關鍵性的問題……書局早已產生賣書需靠售賣各式文具為主的定局與佈局，否則生存皆成問題。售書這種行為，最後淪落到僅是善用空間擺出最新的書籍吸引讀者進門，裝門面功夫最為要緊，實現本市最有文化的景觀，最後實景淪為丟書行為的悲慘表現。

## 2

當桌上的書籍被搶購無數輪，猶如慘遭輪姦之後，書籍東倒西歪，狼藉遍野，著實教人錐心——書籍進入讀者書架的過程，竟然淪落至如此悲慘的命運。負責的臨時學生職工，穿著印有書局名稱的黃紅圍裙，忙碌地穿梭於擁擠的群眾樂園或反之的地獄——搶救彷彿受傷的地震災民。他們不稍思索，緩緩細心移開最上一層的書籍，似農夫耕種前剷除泥土最上層的亂草雜物。然後，將書脊直豎露出書名作者出版社的資訊，讓埋在最底下的書籍，重見光明，勾引讀者凝視的目光。滿桌琳琅的書籍在無數掠奪者屢次環繞之後，轉眼僅剩半桌，彷彿本市的愛書者確實不少，不似國家統計資料顯示——國人閱書量之可憐兮兮。然而購書也不一定等於閱書行為，兩者均可分開個別議論。

搬貨的臨時學生職工轉移陣地至書展區最右邊的角落，從一箱箱的紙盒內取出書籍，貼上超超級折扣標籤，覆蓋之前的超級折扣標籤，然後將書一批批搬向桌面，似俎上魚肉任宰殺。伺機的顧客似虎豹拚命擠進去撲殺，甚至踮著腳尖硬塞臀部往內移動，也不顧頗大的臀部如何與人廝磨產生的痛楚與快感，更不管他人願意跟你背對背，或胸對胸，或臀部背對臀部的陌生親密奇怪的感覺。有些略嫌噁心的臀部鑽過來時，鹹豬手故意伸出吃豆腐，有些巧妙避開，希望馬上游擠出去，往往又無法移動的窘境，猶如困在水潭受傷的游龍，夾在人群中喘氣歇息。

當一疊疊書籍如浪花撲上來擺置桌面，瘋狂的顧客也不顧那是啥書，彷彿眼睛沒手快，一雙雙飢渴的雙手搶著先取。書籍握於手後，先丟進書籃——所謂的丟書行為。若當時拿去一邊翻閱篩選，頗浪費珍貴時間，好書馬上遭人攔劫。況且翻閱書籍的空間與時間，緊急狀態下，並無可能實踐。事後，掠奪書者才將搶到的好貨，搬近走道，蹲下或乾脆坐在地上，有潔癖的最多墊本書於臀部，緩慢謹慎地篩選不需要的，亂丟回書桌，導致豎擺露出書脊的書籍有些橫臥；橫臥的書籍擺成豎立之矮柱時，歪歪斜斜，甚至如斜塔傾倒；有些覆蓋了原本豎擺的書籍，沒雞與狗整個場面到處飛跳著東西。顧客們憑著臨時職工鐵定來打理，他們也樂得亂擺，最重要是搶到心目中好書，製造一些亂象。或許這亦是主辦當局刻意想要製造的另類效果：有人潮搶奪，顯示有市場，本市尚有愛書者，似乎還有藥救——兜回丟書行為的終極目標（後來此目標沒人敢說得清楚）。

3

害羞自私鬼將放在書上堆疊，欲購買書籍的書脊部位遮住，故意不讓瞥伯偷窺到選購的書籍。長著滿臉鬍渣的對方會哦哦哦，對不起，我還以為是沒人要的書。沒關係，我放在紅籃子就是了。你真會選書，我選了老半天，就是選不到任何一冊書。太多了，不知從何選起。原本還帶著笑臉，想好心相勸的那人，立即丟落一句：嗯，你慢慢選。然後轉過身，眼不見對方為淨。

有人瞥見你選到好書，故意借閱，大多時候手握好書者，猶如手持王牌，懶得理睬他人，亂指瞎哄著某個方向請她自個兒去尋覓。尋覓的過程與樂趣有時反而演變成另一種形式。有些拉長原本就不長的耳朵，竊聽到驚人的好書，趁主人去選購其他書籍，書籃擺放右側最旁邊的小走道時，偷偷盜取（未付款，在介於盜與取之間）了別人心頭愛，幹一些缺德的事。事主心疼難忍，奮不顧身續闖入人群三戰江湖，想再覓第二冊，但談何容易，而偷書者早已付款，逃之夭夭。

某次驚現為了手頭爭奪的「好書」，甲乙差點大打出手。明明是「讀書人」，卻未藏有內涵的書卷氣，反似赴巴剎買菜，沒受太多教育的安娣鬼模樣（這句話出自罵者的「豪語」）。乙者反擊，還學人吵架，要打就來，扮甚麼讀書人，一臉蠢豬樣還學人來搶書。兩位安娣差點就要大打出手時，旁人都迅速閃一邊，閃電般快。瞥眼兩者爭奪之書，也並非甚麼好東西，還你爭我奪的為那一口氣。或者甲之蜜糖，乙之巧克力，丙之砒霜。

## 4

衰的是——應該說成巧的是，大家閃一邊並非僅是避開兩位如熊身軀的安娣，傷及池魚，而是第四樓剛好有位少年，一隻腳跨過圍欄學戲裡的跳樓姿勢。少年最厲害之處，還選擇人潮最旺的丟書行為時，上演丟人行為，鬧得滿場不只丟書的緊張，搶書的興奮，還上演丟人的刺激行為，讓觀眾在書展中一次過演繹緊張、興奮、刺激，差點窒息的感覺。配上女人的尖叫聲，媽咪喚嚷：孩子，小心，跌下來鬧人命的，開甚麼玩笑！！

書展人群議論紛紛，這少年是讀書讀到瘋癲，要以跳下時書墊底一起陪葬？不是，是跳下時，以你這個肉餅墊底。聽得人群發笑。有人喊還不打電話給消防局。又沒著火，打給消防局做甚麼。救要跳樓的人，救在樹上的貓也可以打消防局……人群一團亂嚷，看似少年就要躍下的連鎖反應。人跳下時，大家一起接住他，不就行了？少年在守衛搶救，母親極度勸慰之下，回頭是岸，上演有驚無險的丟人行為，書展群眾繼續丟書行為。

## 5

禿鷹選擇掠食不落在夜晚，而掠書者則專揀下班後至夜漸深的時光。掠書者每日下班後，重臨現場，甚至在會場啃麵包飲開水，以最短時間做好充足的準備——開戰。他們睜開火眼金睛，手眼一致搜尋，瞥見心儀的，攞進手中紅籃。這不是白先勇的《紐約客》《樹猶如此》，那不是張愛玲的《沉香》《流言》《對照集》，蔣勳《身體美學》《美的覺醒》《美的曙光》《感覺十書》，舒國治、馬盛輝的……還有《紅樓夢》《西遊記》《水滸傳》各種版本及研究書籍。繞轉一圈，第二籃盛滿，滿足感溢出表情之外。掠書者號稱在拋書嘉年華打救這些受難的書籍，內心貪小便宜的心態，商家視透了眾人的心理戰術。

組成團隊採購的，大家一起相聚飯飽後，一整隊人進軍廣場選購。六七籃排成一列，除了中外文學、宗教類、科普醫學、藝術電影等，買不勝買，彷彿一切無需付帳。是的，便宜至此，真的彷彿不用花錢，即使費盡精神拚命選購。排隊付費時，長龍似在地上爬行時挨了幾拳，彎彎曲曲。購書團未停止搶購，輪流排隊上陣繼續搜尋，企盼再有斬獲。書桌在職員非餐點時間，不間斷堆上新貨，直到友人排隊接近付帳櫃檯，或響起提醒顧客快要結束營業的音樂，製造一些緊張氛圍，尤其是人龍排得嚇人的長。

長龍排隊，辛苦的是邊走邊推著幾個無輪的籃子，或乾脆用右腳輕踢著幾個直排的籃子不斷向前移動。不僅是付錢的辛苦，刷書條碼的臨時職工或正式職員，在人潮如湧中，即使沒間斷的服務，也沒敢哼聲累。付帳後的顧客，細心的，逐個檢查每冊書籍，偶爾發現算錯折扣，或多增添了一冊來歷不明的書籍，馬上臨近櫃檯急爭取。大有斬獲者，拖著鋪滿付帳者四周，打印商標的大紙袋，叮囑櫃檯人員，記得找手推車與小弟推送至停車處。小弟們大多賣力載送，難得可以出外呼一口氣；有者亦偷懶，尤其是靠近放工時間，送到大門口即說，那地方太遠了（即使車已在眼可望處），沒服務到家，然後書置放地上後，掉頭急走人。

6

專業的掠書者，學習鄰國的怕輸心態，選定書展的第一天第一分鐘開場時，擁擠會場的前十名，甚至前三名，搶購書展剛擺出的第一批跳樓減價的好書，才不負其聲明，向未知開戰，滿足一場商家設計的丟書行為。或許商家是時候，在這段時期，掛出一行實際標語於進口處：丟書行為是一場行為藝術！

購書者、嗜書者，或掠書者如你，準備參與了嗎？是不是認為超棒，本年度非戰不可之超級刺激遊戲！記得注意報章、臉書的廣告、路邊掠掠作響招搖的廣告布條，養足荷包，當天充電至精神飽滿，未來一年的閱讀挑戰，在沒人吹響哨子前，大家已在內心亂成一團想像如何更輕鬆擠入會場搶購如盜匪……

二〇一四年七月十七日

可以看書

看到安詳地死去

小型巴士一路往中爪哇的東北Dieng高原攀爬，一片片群山峻嶺環繞下的馬鈴薯梯田、山谷，在視野中不斷展示變化的可能性組合。皺紋滿面的老婆婆，快抵達山頂時，司機喊她下車。彷彿車費沒交足，或甚麼其他原因。她緩緩爬下巴士。巴士旋即開走。七老八十的她，氣急敗壞地緊追上來，喊著未拿巴士上一袋袋的肥料藥物。兩人爭得面紅耳赤，聲量比吵鬧的引擎聲愈加嚇唬人，尤其是叫罵聲襲擊初訪的異鄉人……

偶經路邊長管「橫行」後不遠的煤氣廠。四周如霧起時，雲煙氤氳，一管煙囪往天上直吐白煙。似初醒的怪獸不間斷吐氣。七色湖的硫磺湖水，青碧間飄散煙氣，彷彿營造了仙氣，引發八、九世紀的爪哇人，選擇在這片群山環繞的高原仙境，建立古印度群廟。若隱若現的古廟建築群，增添神秘與人間仙境的色彩。十六世紀的典籍*Tantu Panggelaran*如此詮釋神靈與廟宇的關係：顯婆蒞臨Dieng高山冥想，要求梵天及毗濕奴賜予爪哇島人類。梵天創造了男人而毗濕奴則創造了女人，於是天神們決定移居在這片新土地上。接著天神們搬移在印度的Jambudvipa州的Meru山於此。自此，高山成為爪哇人世界的中心，爪哇島成為天神們的所愛。

在山嵐煙氣緩緩鋪天蓋地之勢，天很快沉甸甸的灰暗壓頂。沒含嘯對霧岑，僅是加快步伐回返高山鎮中心。自側門推入Djono餐廳，耳聞醉人歌聲——Bengawan Solo。這首印尼名曲，連一下機載我們的計程車司機，隨口詢問後馬上哼唱。通過醉人的女聲，瀰漫於掛著地圖，高原美景圖片的餐廳。各點印尼式炒麵、炒飯、炸雞、沙嗲雞，加些新鮮的炸馬鈴薯與鱷梨果汁當晚餐。高談闊論的美國人自樓梯踱步下來後，氛圍慘遭破壞，連麵條下的調味料皆感覺口味頗重，不似記憶中巴厘島難忘的美妙記憶。此時寧願相信那是記憶中的美麗錯覺。

繞條圍巾冷縮著身子走出戶外，呼著霧氣，路過看似教堂的回教堂，大司教詢問來自哪裡。聽到源自馬來西亞，馬上回應：哦，與我們同「族群」！彷彿也招說彼此的國度、國情沒差太遠，熱情地邀請我們進入回教堂籬笆內，近距離觀賞已鎖上門的回教堂，特別是彩色玻璃圖案，在雄偉的建築物上，自外面折射進去又出來的光線，結合兩種宗教不同文化對視網膜的衝擊。

回返金山酒店休憩。你踏入頗大的浴室，準備在冰冷的天，先洗個要命的熱水澡。由於地板冰涼，我雙腳伸入深紅色的絨被中取點暖。頭歪在枕頭上，閱讀印尼小說家普拉姆迪亞・阿南達・杜爾（Pramoedya）的《海邊少女》，被吸睛的文字與細膩的情節勾魂。十四歲的海邊少女被貧窮的父母，半賣半騙半拐地嫁入為荷蘭服務的爪哇大官員。小說開頭描述三人如何似劉姥姥入大觀園。初見剛被趕走母親的嬰孩，同時也預告了少女未來的命運。小說家細膩地描述父親驀然憶起少女不知已來經，急著請母親詢問，然而少女似乎聽不明白。母親在自責中，說白地詢問「血，你知道嗎？」母親拉著少女來到臥房的旮旯兒說……

鼻尖突聞墊背直豎的臥枕，似乎傳來一股氣味。開始時以為，似在Prambanan那靠近群廟的旅館，你埋怨房間不流通的霉味。但是住進此房前，除了濕氣重，空氣冷，地板涼，倒覺得氣味還可以接受。那怪氣味，我一時遺忘了是驀然撞進鼻孔的氣味。普拉姆迪亞的小說引入注目，再加上空氣凝冷，有時會身忘何處，即使處於險境。

浴室驀然傳來巨大的撞擊聲。我沒直接衝進那僅是推得有點鬆的浴室門。以為那聲音，似在日惹Bladok那個附有泳池的旅館，洗澡不時會撞到，阻隔馬桶與洗澡處的玻璃屏風，傳出的異聲。拉長耳朵細聽：浴室內傳來些許聲響，猜想鐵定沒甚麼大礙。過了十多分鐘。你自浴室圍著毛巾半裸現身。我詢問洗好了？你說還未開始。我好奇再問。你說摔跤了，熱水開不到。不知如何操作那自煤氣桶連接的熱水器。我說你沒喚我。你說不用甚麼事情都叫人。自己跌倒自己爬起來，還好沒傷及臉部，那火噴出來，嚇倒人。我急問甚麼火？差點奪口而出：甚麼噴火龍？你說那煤氣的火。我起身查看那熱水器，遲鈍地突然明白，剛才嗅到的那異味原來是煤氣。時間一久，或許可以看書看到安詳地死去。

我探問開關轉緊了嗎？你說關了，我說你快些推開浴室的窗口。睡房沒附窗口，高原冷空氣鑽進來凍壞人。我開始警覺若如此情況待久一些，搞不好隔日旅店老闆娘會發現我們似翁美玲開煤氣自殺，死得比較完美，沒生理痛楚、肌肉扭曲的狀態。縱然各自心境不同。我說找老闆娘幫忙。心裡在怪罪老闆娘這種「新奇」的山上玩意兒，也不教教自國外渡假的陌生旅客。差點客死異鄉，開甚麼玩笑！

老闆娘與兩個男人正看電視，自居住的屋內不急不緩地步入旅店的洗澡間，解說按住了煤氣開關後，直接旋開水龍頭即可。秘訣是，按住煤氣開關的手，不可以先放開。然後老闆娘示範，你學習。老闆娘離開後，我詢問你剛才如何處理。你說手按住開關鈕後，手放開去旋開水龍頭。結果，有火似自龍的口中噴出來，你機靈地閃開，差點觸及臉孔而向前摔倒。我說發生這種事，你沒喊大大聲求救，萬一發生甚麼事，我們距離日惹六百多公里，馬來西亞幾千公里，怎麼跟你家人交代。你說你已經沒人需要交代了。我說你姐呢？你說她連孩子都自顧不暇。還有你哥呢？他雲遊四海，也不知身在何方。你說不用擔心。我差點脫口而出，兩人在這裡幾乎相依為命了，萬一有甚麼事情，真的需要找人背你下山。

所幸你沒傷及皮骨。我說那就繼續沖熱水澡吧。試看按住開關，旋開水龍頭，果然，水有熱氣。不過空氣凝冷得難受，沖水下去整個人顫抖得厲害。彷彿如此可以沖淡驚嚇、剛才的恐懼，一切的不愉快，遺留下冷靜的身體與腦袋，於夜漸深的異域。

二〇一三年六月十六日

# 帶你到一個地方

坐上車，你說帶我去一個地方。望著你專心駕車的側臉，內心念著一切沒回頭路。僅有你帶我移進的前方。

從沒想過那是個修行林——類似商晚筠〈人間・煙火〉中，女兒探訪的修行林驀然出現眼前。路是怎麼走的，反正我不熟悉，人跟著車前進。烏魯地南的寧心寺。自己是無論如何抵達不了的地方。

學你托著缽取食物。缽不可碰觸地上。他們先打開桌上橫擺的食物的罩子，給師父先取食物。

不可坐在這些椅子。你是不是和尚？

我回說當然不是。

肥胖和尚，指出這是給和尚修行者坐的，其他人只能坐地上。

我第一個念頭是他們階級觀念鑾重的，馬上離開。他採取趕人策略。當然我不懂他們的規矩，也沒牌子放上指示。他可以合上不知者不罪。

一路上談起同志朋友，愛滋病問題。你覺得自己跟那些同志朋友開始沒話題。

他們有次帶你去新加坡消費，去桑拿。

是不是有附帶服務的桑拿？

是的。

有那種在電影中出現，一間間房，有同志躺在裡面，開門者喜歡的就進入裡面。房內附有潤滑油、避孕套……

廁紙或tissue paper。

電影中經常出現。

我沒看過電影中的。

蔡明亮的《河流》盡情描寫，還有那場著名的父子桑拿空間戲……

當然還有開放的空間，包括S／M的。其中一個人躺在床上，甚麼人要虐待、直上蹂躪，他無任歡迎，我當時嚇了一跳……

他可能享受性虐待吧！

我忘記問他當時如何待下去，有沒帶套，還是嚇得跑出來。

你帶我去那個似河似湖的蓄水處。

走出修行林的棕櫚林，眼前一片黃黃沙灘，綠藍的水，在陽光折射下產生不同的顏色。遠處有幾個人，好像有艘舟在岸邊。

我們走近他們，他們在捕魚。一個穿著藍色底褲，似乎是馬來人還是印尼人，拿著一根木棍在打水趕魚進入前方的網。他走來我們的方向。我們正走向他的方向。彼此間沒太靠近。

下起一場雨。

有種朦朧的感覺。

你曾說喜歡翠梅的《Tanjung malim有棵樹》，那種兩人模糊朦朧的關係，似有還無，覺得這種東西很難拍攝。

我在開始懷疑自己和你是不是處於此種狀態。我們沿著岸邊走，眼前的泥沙太軟。你的鞋和腳掌陷進去。我隨後也如跌入一種淺陷的感覺。沒趁陷太深，兩人在岸邊，腳伸入水中濯洗，沖走附粘腳與鞋的泥沙。兩人繼續走。撐著一支傘。你說很美的青綠層次，想拍照。我說拍吧，我幫忙撐傘。你拿出相機，長鏡頭等，拍攝我們回返至一半的路，前方的景色。自鏡頭中，你發現一隻狗。你說拍攝得不是很清楚。那種青綠層次似乎也拍攝不出。肉眼可以看到的狗，正緩緩朝這方向走，在接近時拐近油棕林。

這沙灘是潔白的，還可發展成旅遊區。修行林似resort。

二〇〇九年八月二十九日
二〇一七年七月十五、二十日重修

# 【附錄】有幸知其人，讀者當自強：專訪許通元

＊新加坡國立大學中文系講師
曾昭程

〔緣起〕通元不老，卻是老饕，極講究飲食，卻不貪吃（又或許他只是沒讓我看到）。這幾年每次暑假回家，我都會到長堤彼岸向他了解馬華文學和電影的最新動態，順便央求他可憐一個味蕾失落的遊子，帶我去品嚐地道的美食。而我一般同日進出，每次飽食一頓之後回到島國，身上也多了一背包通元熱心推薦兼或我在他辦公室裡選購的最新出版品。

今年如常北上，他提到在整理最新小說集，慷慨予我在出版前先睹為快。閱讀後談不上心得，倒是對他的創作經歷和信念產生了好奇，特別聯想到他先前的兩本小說集，遂趁此機會探詢。我的本意並非冀望「知人論世」、「以意逆志」，而通元的答覆有時知無不言，有時耐人尋味，儼然「作者已死」，也彷彿對讀者深具信心，認為我們均可參與「可寫性」文本的無限解構／解讀。訪談末尾通元提醒讀者「不要太相信寫小說的人」，而我在重讀小說文本和我們的郵件往還時復又體悟，連受訪者也未可輕信。語言從來就不是透明的。文學語言如此，生活語言亦然，而趣味正往往從曖昧中漫溢開來。感謝通元的信任和耐心，訪談讓我認識到他的創作行旅和作品內外展演的個性風采，也促成了新馬兩地作者和讀者的另一次連結。

**問：我對你的文學養成經歷感到好奇。你上學的時候都看些甚麼書？最初又是怎麼會走上寫作的道路？**

答：華小首日上學，下課後我踏入學校後面的市議會圖書館，申請會員證然後開始借閱兒童讀物。因為小學的圖書館，要三年級才可以借書（擔心年齡稚嫩會損壞書籍的邏輯有問題？）。這圖書館不大，卻藏五種語言書籍，包括中英巫文、阿拉伯文及伊班文。那時，我僅讀懂前三種學校教導的語文的書籍，一點點伊班文。這是砂勞越的好處，即使小市鎮如砂拉卓（Saratok），亦有公共圖書館的設施，與西馬很多區域難找到圖書館的環境不同。公共圖書館藏書多屬流行文學，包括金庸、古龍、梁羽生、溫瑞安、倪匡、亦舒、嚴沁等的小說，當然還有古典與現當代的經典，如《紅樓夢》《西遊記》《儒林外史》等到張愛玲、錢鍾書等的小說；砂州作家如吳岸、田思、梁放、陳蝶、夢羔子、藍波的華文文學作品；國家語文局出版的馬來文學書籍，如A. Samad Said、Othman Puteh、Othman Kelantan、Shanon Ahmad、Usman Awang……；英文經典狄更斯、珍・奧斯汀、海明威等的小說……兒童讀物、百科全書及詞典等。圖書館可尋獲的書籍，我嘗試借回去翻閱；另有三大語言的報章、文藝副刊。那時《星洲日報》未進駐市鎮，圖書館訂閱《南洋商報》、《國際時報》、《詩華日報》、《馬來西亞日報》、英文報 *The Borneo Post*、*New Strait Times*、馬來報 *Berita Harian*、*Utusan Melayu*，期刊如 *Dewan Sastera*、*Dewan*

*Masyarakat*、*Dewan Budaya*等。除此之外，鎮上尚有華小的圖書室，國中的圖書室等藏書。

再來是我跟隨補習老師林麗珠女士，她算是閱讀啟蒙階段的引導者。我五歲時，她請我母親送孩子進砂拉卓公立幼稚園，後來免費為我補習至六年級，大家稱之林先（亦教過梁放一小段日子），與她關係密切。她經常借兒童書如曙光叢書、《西遊記》等連環圖，推薦我們看《知識畫報》、《知識報》、《好學生》、兒童影片等，協助我購買故事書，培養閱讀習慣。後來我離開小鎮後，反饋般帶給她其他讀物及影片閱讀觀賞。年紀稍大些，自己赴書店購書，大概五、六年級亦開始郵購書籍、期刊。預備班時，華文課老師黃素香老師及中一至中三的林鸞珍老師，作文經常給予高分鼓勵；我亦參與華文學會擔任主席，文章有機會展貼於學校壁報等。中二開始在課堂上寫了篇散文投稿給《中學生》，之後陸續投去《馬來西亞日報・莘園》、《南洋商報・青蔥年代》、《國際時報》副刊等。當然除了散文，還包括寫詩、小說等稿件。喜歡閱讀，也慢慢走上寫作的道路，感覺這是很自然的事情。

**問：我想起你曾經在新加坡草根書室分享過你年少時期在古晉閱讀《蕉風》的經驗。當時我遠在國外無法出席講座。趁此機會，能否請你複述一遍這段回憶？**

答：最早接觸《蕉風》是在一九八八年七月左右，蕉風出版社寄給班上華文科林老師，她推薦給我們。那時《蕉風》第四一六期，我印象深刻的是裡邊有黃錦樹〈劍客之死〉，而在新加坡草根書室分享的那一期恰好是黃錦樹專題。從那時起我開始訂閱《蕉風》，回溯《蕉風》之前的資料及蕉風叢書。出版社尚有存貨的，我郵購閱讀。當時《學報》已停刊，但林先手頭上有一些，最後也贈閱。那段時期我郵購閱讀的西馬文藝刊物還包括莊若等編的《椰子屋》、李恆逸等編的《天蠍星系列》、歐宗敏等編的《青梳小站系列》、黃學海出版的白屋書坊刊物書籍等，這些都是自《學報》衍生而出的文藝刊物，及其他報刊上、書店中可找到的書刊。

至於草根那場活動，最主要是鏈接新加坡文人與《蕉風》的關係，曾辦的專題，如新加坡國寶級畫家、亦是作家、《蕉風》編輯身份的陳瑞獻，個人專題曾辦多次，刊登作品至少超過一百五十筆，六十五筆他人評論的文章；另有「新加坡詩人作品小輯」，到馬華文學館接手的《蕉風》第四百九十期「二十一世紀的新馬兩岸新生代的版圖」專題，及你拔刀相助策劃邀稿的陳彬彬專題等。當時也談及《蕉風》最早在新加坡出版的歲月，計算刊登於蕉風的新加坡作家／作者的作品：如邁克一〇七筆、謝清五十二筆、王潤華三十五筆、冼文光三十筆、許維賢二十九筆、文凱二十四筆、淡瑩二十二筆、南子二十一筆、流川二十一筆、君紹十八筆、蘇旗華十五筆、房斯倪十五筆、陳家毅十二筆、英培安十二筆、郭永秀十筆、董農政九筆、梁文福九筆、吳耀宗九筆、何啟良八筆、希尼爾七筆、潘正鐳七筆、黃廣青五筆十三首詩、丘柳漫四篇、曾希邦四篇、周粲四筆、伍木三筆、林韋地三筆等，這形成了一種很有趣的現象。《蕉風》的編輯、作者、出版在新馬息息相關的關係，幾乎重要的新加坡華文作家，很多都跟《蕉風》有淵源。《蕉風》做為一座重要的文化、文學橋樑，是不可斷切的文化象徵橋樑，也是新馬文學、文化歷史中，難以繞過的兩岸風景線，連接著兩地的文藝，一條臍帶，兩岸的文藝藕斷絲連。

**問：曾聽你提及大學時期熱衷於創作。能多分享一些社團的活動和大學的創作風氣嗎？馬來西亞的大學多集中在西馬，當時各大學之間是否有校際交流活動？**

答：在工藝大學時，參與工華組織、佛學會、孤舟等。後來，比較多時間傾注於孤舟。參與孤舟是因為范同學的介紹。學長如路加、錦偉知曉我喜愛文學及創作，夜訪邀稿，之後邀編孤舟神話系列。孤舟是一群喜歡談文學、電影、藝術與音樂的朋友，每兩個星期共聚一次，討論兩三個課題。孤舟不似一般團體有會長，副會長這些組織位階，而是每個學期有不同的領航人，因此認識了蠻多寫作的朋友，如路加（已故）、胡錦偉、阿耶、舒陶等，及後來認識，如今在馬華文壇出版文集的許維賢（翁弦尉）、林健文、梁靖芬、房斯倪，在媒體的楊凱斌等。當時每學期也出版文學小冊《孤舟神話系列》（每學期不同編輯主編，學長攜帶學弟），結集成工大文集《本城花展》等，鼓勵孤舟成員創作。有些成員亦創作詞曲，或為詩譜曲，有些還參與螺絲釘組織，作詞作曲，甚至去民歌廳唱歌，辦創作歌曲會等。當時我們還邀請草根書室英培安先生、本地記者等來參與我們的活動。孤舟偶爾計劃性地組織去居鑾牧場、Tanjung Balau漁村、闉閣等辦文藝聚會。這時期有幸大量地閱讀著名文學家及大師作品，也就是《蕉風》第四八八期，停刊前孤舟特輯中的訪問，某些有提及的喬埃斯《都柏林人》、《尤利西斯》、卡爾維諾、米蘭昆德拉、波赫斯、馬奎斯、卡夫卡、村上春樹、大江健三郎、川端康成、安伯托・艾可、莎士比亞、艾略特、里爾克、波特萊爾、但丁、帕斯、聶魯達等；中文小說包括西西、張大春、莫言、蘇童、余華、鍾曉陽等的小說與散文；楊牧、洛夫、夏宇、羅智成等的詩集；馬華文學的有潘雨桐、王潤華、李永平、淡瑩、商晚筠、張貴興、李天葆、宋子衡、陳政欣、黎紫書等……

電影的世界更寬廣，觀賞了很多藝術電影，後來陸陸續續看更多，如歐美導演杜魯福、高達、費里尼、帕索里尼、Roberto Rossellini（羅伯託・羅西里尼）、Luchino Visconti、Jacques Rivette、Eric Rohmer、Bernardo Bertolucci、Michelangelo Antonioni、Robert Bresson（布烈松）、Jean Renoir、Alain Resnais（阿倫・雷乃）、Agnes Varda、Claude Chabrol、Olivier Assayas、Giuseppe Tornatore、布紐爾、

Chaplin、Almadovar、Francois Ozon、Catherine Breillat、Max Ophuls、Wim Wender、Werner Herzog、Rainer Werner Fassbinder、Fritz Lang、F.W. Murnau（茂瑙）、D. W. Griffith、Orson Welles、Stanley Kubrick、Woody Allen、Peter Greenaway、Michael Haneke、Agnieszka Holland、Jim Jarmusch、Robert Altman、Lars Von Trier、John Cassavetes、Coen Brothers（高恩兄弟）、Gus Van Sant、Spike Jonze、Todd Haynes、Spike Lee、Jane Campion、Quentin Tarantino、Richard Linklater、Terrence Malick、Elia Kazan、David Lean、Derek Jarman、Ken Loach；蘇聯導演愛森斯坦、Andrei Tarkovsky、Alexander Sokurov……；日本導演小津安二郎、成瀨已喜男、黑澤明、大島渚、岩井俊二、大友克洋、宮崎駿、溝口健二、市川崑、寺山修司、山田洋次；華人導演蔡明亮、侯孝賢、王家衛、楊德昌、田壯壯、賈樟柯、戴思傑、何平、關錦鵬、管虎、張元、姜文、張作驥、婁燁；亞洲導演陳英雄、金基德、樸贊郁、洪尚秀、羅宏鎮……、遊走與藝術與商業導演如 Roman Polanski、Martin Scorsese、Alfred Hitchcock、David Lynch、Steven Spielberg、Luc Besson、Oliver Stone、

Christopher Nolan、Steven Soderbergh、Coppola父女、Danny Boyle、Client Eastwood、Alfonso Cuaron、Tim Burton、陳凱歌早期作品，張藝謀早期中期作品、李安、許鞍華、陳果、彭浩翔、周星馳、北野武、園子溫，有些作品喜歡，有些不喜歡，當然，一看就是整個系列或長期跟蹤，世界電影的精彩「遺產」……當然不能忽略新馬導演，如P. Ramlee、Yasmin Ahamd、何宇恆、陳翠梅、Amir Muhammad、劉城達、林麗娟、胡明進、邱泳耀、廖克發、Eric Khoo、陳彬彬、巫俊峯、陳哲藝等。其實你會發現，我很多都看，但後來會選更多自己喜歡的，不喜歡的少看，或挑著看。

**問：能不能挑一、兩個具體談談他們對你文學創作或文藝觀的整體影響？如果選導演太困難，或許談談一兩部震撼你至今的電影？**

答：早期我確實有想過，電影的元素，與文學的影響，如某些電影，可以改寫成文學作品，或散文等，或另外一種延伸。當然也包括電影的拍攝視角與手法等。我在〈窺〉時確實有想做一個這樣的嘗試。或許我的有些小說，散文等，還可以看到一些痕跡。後來漸漸忘記這回事。也沒那麼重要吧。文學與電影都是互相影響的，當然還包括理論、生活與生命歷程。尤其我在教「電影、文化與文學」時，專門挑選的電影既是，經典文學改編成的經典電影（包括當代），然後與學生一起討論、學習、成長，文學或電影裡的互文與比較，會造成一種有趣的對照——不管是詳細的，靈光一閃，不同文化到跨文化的衝擊，來自世界經典文學與經典電影的文藝養份，都是大家需要的。

至於帕索里尼，我選了他的生命三部曲之《十日談》，幾乎每年都會跟不同學生一起觀賞與討論，無論從形式的創新、電影自文學作品的取捨、篩選、他們留給我們甚麼遺產，再回到創作到底是怎麼一回事——十四世紀的意大利小說，放在一九七〇年代對讀者或創作者會造成甚麼影響？對於二十一世紀的我們，又會在閱讀上造成甚麼衝擊；創作上，造成怎樣的影響？帕索里尼給予我們各取所需的啟示，當然他也在面對生活上的困境，包括意大利政經的轉變，時代的變遷，愛情的背叛，他從希臘經典文學的改編，回返意大利的小說經典，類似「Chinese box」的「框架敘述」的處理方式如何被他收編，如何挑戰經典，完成自己不朽的經典。帕索里尼給予我們的遺產非常豐富，就似上面大部分提到的導演、作家們，或多或少，都給予我，太多學習的事物，無論在創作、思維或生活上。

**問：我們這幾年交流時，你提及留意印尼當代文學的作品，而且看的都是原文。這和相對更留意中國／華語語系和歐美文壇動態的其他馬華作家似乎有所不同。你是如何培養這樣的語文能力？你當初怎麼會接觸到馬來文／印尼文的文學作品？現在又是通過哪些渠道留意馬來文／印尼文壇的動態？你喜歡的印尼作家作品有哪些？可否分享一些你的閱讀心得？**

答：我這一代的馬來西亞人，若經國中教育的體系，喜歡看書的，皆有能力閱讀馬來文作品吧，尤其本身喜歡文學者，可能不小心踏進馬來文學的世界，甚至印尼文學等。中學時期，我們其中一屆的校長喜歡文學，曾邀請 A. Samad Said 來學校演講，那時曾在圖書館借閱其小說如 *Salina* 等閱讀。自 *Dewan Sastera* 等期刊或星期天的兩大報 *Berita Harian* 及 *Utusan Malaysia* 的文藝版，亦可學好馬來文及觀察馬來文壇最新動態。因為長期與圖書館有密切關係，對於書籍，基本上比一般人敏感，再加上我亦好奇那些國家文學家、著名馬來作家，文西鴨都拉到當代的詩人拉迪夫等，甚至經典如 *Hikayat Hang Tuah*、*Hikayat Merong Mahawangsa*，到底在（裡邊）寫甚麼。在南方大學學院，偶爾會跟馬來文系的老師交流，或從各地前來的作家學者交流，難免接觸多一些。再加上我偶赴印尼遊走，每到一處皆逛其書店購買書籍、印尼電影等，特別是文學名家或看到的陌生導演的作品，好奇作家、知識份子們在想甚麼，作品處理得如何，希望拓開自己的視野，也探知這些語言的作品已走到了哪裡。另外，淡杯的馬來書店，無論是Angsana Plaza或Bateri的書店，我偶爾閒逛時亦會看看有甚麼最新吸睛的出版品。

值得關注的印尼作家，包括已故著名小說家Pramoedya Ananta Toer及當紅的Eka Kurniawan（前者的研究專家）。前者的 *Bumi Manusia*, *Anak Semua Bangsa*, *Jejak Langkah* 及 *Rumah Kaca* 都值得閱讀。*Eka* 的《老虎男人》（*Lelaki Harimau*）及 *Seperti Dendam, Rindu Harus Dibayar Tuntas* 備受矚目。兩位都是說故事的好手，故事亦精彩，前者文字好讀，著重與荷蘭

殖民地的人民如何生存等，小說比較大氣；後者文字綿密，關注的是當代事物，藉謀殺案帶出人性、村莊等更多黑暗面，反映當代人性的部分，也結合一些傳說等。

**問：你第一本小說集《雙鎮記》（二〇〇五年）裡頭的作品有好些參加了文學獎競賽。你上大學的時候是否跟馬華文壇興辦各類文學創作比賽的時期重合？當時同儕是否都熱衷參加文學獎？回想你個人的經驗，你對文學獎的作用有甚麼觀察／反思？**

答：參與孤舟，在大二時期，文友們鼓勵參與大專文學獎，於是參加新詩組與散文組比賽。結果新詩〈贈虹〉及〈相框〉有幸獲得評審青睞，散文〈假期〉入圍。記得那時是年紅先生在拉曼學院頒獎。獲獎新詩並沒收錄在《養死一瓶乳酸菌》，但有收錄於第十屆全國大專文學獎專輯文集《文思筆耕十載情》；而〈假期〉則收錄《等待鸚鵡螺》。當時遇見喜歡〈假期〉的某個評審林雲龍說，他覺得筆調有種藍調的感覺，那時我確實聽很多藍調如Gary Moore到B. B. King等。如今我參考回他們討論的會議記錄，他說：「我很喜歡這篇文章，我的評語是甚麼地方也沒去，也不需要甚麼大我題材。真誠就能寫一篇好文章了。」然後許友彬卻說，「我給第二，我認為文筆乾淨，很有潛能」。當然有些評審認為沒有整體、淩亂，有些說沒有甚麼印象，而許友彬卻說「我倒覺得這一篇有內容，則大專生應該寫的東西，而且作者很有性格。」所以參賽還需視作品落在哪一位評審的手中，評審的口味，這即是參賽的遊戲規則。這篇當時由於要參賽，經營了蠻久，尤其是文字、結構方面。這是很多參賽者經常注意的細節，尤其是初學者。

在大三暑假時期，我寫了〈三代之間〉，一萬五千字的小說參賽第十一屆全國大專文學獎，結果獲得三位評審李天葆、林艾霖及柏一的喜愛，獲得首獎。我沒出席頒獎禮，人在砂州老家，請同時獲獎的翁弦尉代領。接著的第十二屆全國大專文學獎〈陌生地帶〉獲得次獎。黃錦樹、李天葆、黎紫書是評審。大學畢業後還是有參賽，參賽是因為想在某個特定的時間完成作品。當時每篇較長的小說，可能耗時兩三個月的時間書寫，至於獲獎或否，除了需要視作品本身，還要視評審口味、比賽特質等。寫作是一輩子的事情，參賽與否，若作品完成，可投去嘗試，至於投參賽性質或評審口味，一直不是我在意和會做的事情。若獲獎或入圍，當然值得慶幸與鼓舞。最重要是當時我完成了想完成的作品，而不受其他因素影響。文學獎是為了鼓勵創作，栽培新人，當然有人視獎金與名譽而生存，各取所需，適可而止。

**問：張錦忠在《埋葬山蛭》的推薦序裡做過一個有趣的觀察。他認為你的掌中小說並不關注「說故事」，而人物許多時候「只是一種（內在）的對話（你－我或他－她之間的對話），故嚴格說來，只是人物的聲音。」不曉得你如何反思這樣的評述？**

答：我還是有說故事，舉例說明《埋葬山蛭》裡的兩篇〈埋葬〉與〈山蛭〉若沒在說故事，那是在說甚麼呢？小說，當然也不僅限於說故事而已。而說故事方法千百萬種，也不僅限於一兩種做法。當然若你要限制小說的可能性，你當然可有自己的看法。也有作家甚至以詩及評論的框架，放入小說裡，如納博科夫的《幽冥之火》。小說原本就是百花齊放的美麗花園。

你喜歡牡丹的，那就去欣賞牡丹；喜歡玫瑰的，也要小心其刺，況且牡丹與玫瑰又種類繁多。各取你喜歡，是正常之事。凡是別鎖死自己在一個地方。寫評論時大多需要限制當時自己的觀點。創作時，倒可以開創各種可能性，走向更多的途徑。

**問：我先前的提問跟我閱讀最新這本小說集的體會有關。裡頭有好一些小說有明顯的情節設計（〈我的老師〉、〈蛇氏藥房〉），但整體說來，你似乎還是更重視情境氛圍的經營，多於刻畫敘事情節的變化，或人物性格的塑造。如果和《雙鎮記》相比，我則觀察到你在最新的集子裡放棄了在小說結尾經營「故事真相」的轉折，或說避開了高潮情節的設計。能否談談你這些年來對小說創作的看法有何變化？**

答：創作原本是自由開放的。作者、讀者、評論者經歷了《雙鎮記》裡邊偏現實主義、現代主義甚至魔幻寫實或其他的說法後，再到《埋葬山蛭》的種種實驗與寫法，或各人不同的詮釋，回到作者本身，也想看看讀者看到了甚麼，當然讀者看到的，有時或大多時候並非我所看到的，這就造成更多有趣的衝突、開放空間，思考空間。創作的想法是一直隨著生活、思考與時空在變化。這是正常的一種書寫「活動」，唯一不變的是，作者需要繼續學習，更多自由的創作空間，開創他自己的世界。

至於小說結尾，不一定要有「故事真相」的結尾，開放式的空間何嘗不好，或許允許書寫續集的可能性，或許讀者可以放入更多想像的空間。小說創作的看法一直在改變，不變的是希望寫出好看、有趣的小說，這是很多寫小說者希望看到的事情。當然有些選擇其他路線，亦沒甚麼不可以。

**問：《我的老師恐怖分子》讓我有耳目一新之感。小說內容上同時含納馬華文學裡鮮少觸及宗教課題和同性情誼，但更特別的是你讓兩個切面摩挲連結的方式。在小說裡同志元素脫離了社會乃至國族寓言之建構，轉而與宗教極端主義擦邊。兩個人物在小說裡詼諧逗趣的關係仿如情侶調情，亦似乎指涉你如何試探小說包容敏感議題的底線。能否分享這篇小說的創作初衷？你怎麼會想到把兩個課題揉雜在一起，而又以這個形式呈現？**

答：此小說創作的初衷是我大學老師驀然成為恐怖分子對於我的一種震撼。我是某日在士姑來「晶晶麵家」吃麵時偶遇我的學弟，閒聊時他特別提及我們的阿查哈里老師（Dr. Azhari）是恐怖分子，如今已經逃亡印尼，電視新聞突然有報導。我當時的反應：怎麼可能？之後就長期跟蹤他的新聞，覺得這是一段很不可思議的旅程。若融入宗教與同志課題，展開一場心（新）的旅程；我揣想的是，不論是自己、「我」、恐怖分子老師、我的同學，那可以是怎樣的一種旅程？到底阿查哈里老師在追尋甚麼？尤其是通過在原始森林裡探險，以及「我」或他人回憶的形式，小說可以把敏感議題的處理帶到何種境地？然而那時候我的老師還逍遙法外，在這篇小說書寫結束前，堪稱是一種「傳奇」。我一直在思索，一個人，生活那麼安穩，基本一般上副教授有的東西皆有，渴望獲得小孩最後也有了，他為何走向人們稱之為「恐怖分子」的人生歷程。因此那時大量閱讀一些相關書籍資訊，嘗試理解這是怎麼一回事。我們現實碰到的他，跟成為恐怖分子的他，肯定有很大的差距。可見他的掩飾功夫，包括後來在報章上看到的易容術，都做得很不錯。這篇小說是我對於他的一種記錄與思索，通過小說情節的設計展開一場奇異之旅程。他最後的結局，是終於印尼軍方突擊中，驀然陣亡。這是小說書寫很久之後發生的事情，我在創作時採用有點傳奇的方式處理。後來，我在他太太的臉書中，看到一些照片，某些人的照片好像是他的身影。或許是以前的照片，或許是他的親戚，兄弟等，這可能是另一篇小說的續篇。若以好萊塢電影結尾的花絮方式來說，下一續篇會不會是：「我的老師真的是恐怖分子？」希望這僅是一種玩笑。

**問：你是否有意藉此處理手法拓展馬華乃至華語語系同志書寫的內涵疆界？因你一向致力於推廣馬華的同志文學，編過《有志一同：馬華同志小說選》，而你最近一篇跋文〈龍鳳書到同志核心〉盛讚棋子《仰光／背光》文集裡開拓了馬華同志書寫在題材上的多元性。你是如何看待自己含同志意趣的作品和其他馬華（乃至華語語系）作者撰寫的相類題材的關係？**

答：每個創作者，都會嘗試思考、拓展某體系中的還有甚麼新事物、內涵（主題）或疆界值得探索的。在《我》中，嘗試融入異族、恐怖分子、本地大學中的環境，與面對心的另一段旅程，或稱之逃亡，不管是面對生活上的，或內心的一種出走，不管是「我」或「老師」，可以在現實或小說中，產生一種怎樣的衝擊，尤其在你所謂的「同志意趣」中。有些作者會思考，如何在已有的類似作品中，再接受挑戰，重新打造「創意」，讓新作品突圍。有些作者會思考，或他／她面對的情景，別於他人的處理方式、以往自己的處理方式，或重複處理同樣的題材，達至最後的成果，包括文字的應用、創意、新題材、主題、深度等。不同年齡與心境會處理不同的題材，這跟當時作者面對的情境、閱讀等相關，還有甚麼值得書寫，或可以展現給讀者的。英培安嘗試在《騷動》的「大背景」中，加入「同志情節」，我在〈新加坡完全沒有同志文學？〉[1]中提及：

> 在與異性戀性關係比較中，讀者會發現：作者大膽赤裸裸地曝露國良與子勤，在一次偶然相遇中，發生的性關係，甚至動用性器官，做愛動作，兩人的激情等。但卻「故意」在國良與偉康中的高潮時點到為

1 《不為甚麼》第二期，二〇一四年六月，頁十九—二十二。第三期也繼續寫了一期。

止，兩人還以「藉酒行凶」藉口展開同性性愛的關係。而且還加入了偉康在撫摸國良時，「非常想念淑玫。我們可不可以假設，他把此刻躺在牀上的人當作是他深愛的淑玫？所以偉康情不自禁地湊向前吻國良，先是臉頰，然後是嘴唇。」之後來個似《猜火車》內出現的夢境。更有趣的是「異性戀作家」，描寫同志性關係的情節，同樣也發生在村上春樹的身上。村上最新的小說集《沒有色彩的多崎作和他的巡禮之年》亦是村上一直以來最重要的題材書寫——描繪青少年事件。無論如何，今次，村上也來搞同志情懷，縱然這並非是村上第一次的嘗試，僅是這次比較激烈，或稱激烈一點，篇幅涵蓋蠻多。

但畢竟「異性戀」作家以先入為主的「異性戀」視角或「雙性戀」視角去處理時，還是有一定的偏頗情況，有所「顧忌」，不管有意識或潛意識中。他們還是不能處理到，似惹內或Edmund White那麼自然，就是那麼一回事。那他們為何要加入「同志情懷」在裡邊？是一種對此題材的書寫嘗試？是一種趕「同志書寫」的流行題材寫法？英培安的《騷動》是要加入「同志情懷」才會更「騷動」或者村上的《沒》會更加有看頭，每個人的解讀會不同，但是若他們覺得那是當時必寫的題材，Go Ahead，這同時也讓讀者或研究者可以從另一個視角省思，他們要幹嘛，想怎樣，或許這視角也很有趣……無論如何，把這些觀點轉移到《我》時，畢竟每個作家都需要走出自己的那條路。同志書寫或許僅是其中一條路。同志書寫結合不同元素，會讓原本的題材更加豐富、多元，尤其是探索從未開拓的另一條小徑，希望會成為一條真正的「路」或「道」。

**問：所以你最終認為只有同志作者才能把同志小說寫得自然、到位？**

答：也不是這麼說，非同志作家或許需要放下更多的「包袱」（以反視角，從社會性別、生理性別、到跨性別等來看），做更多的功課，進入一個對於他們而言，不管是在意識上，知識上，身心上，更新的「嘗試」，而不會落在異性戀的視角去視察那事物。雖然對於他們習慣性的思維方式，如此運作是「自然」的。或許敏感度也不一樣，視角與切入點不同，但可以產生或拓展，無論在類型、內容、主題、視角或其他方面，另一種可能性的

「作品」，也是另一種嘗試，看到另一視角有趣的觀點，無論是歧視的，社會的包容或畏懼或不屑，或當做是現實中的一部分。

**問：你的小說不時會出現重要的動物意象（比如第二本小說集裡的山蛭、以及當下這本裡面我最喜歡的兩篇，分別為〈我的老師是恐怖分子〉裡的馬陸和〈蛇氏藥房〉裡的蛇、貓頭鷹）。能否請你談談你為甚麼對動物意象的經營這麼感興趣？**

答：其實高中時我有想去讀生物學，非常喜歡這個科目。後來，SPM考試僅拿到A2，這是我不能接受的成績。因為這是第一次沒拿到A1。原因是考試中的問題，詢問蝦在水中時如何游動。這是超出課本與參考書的範圍。課外讀物中，或生活中，我未真正思考或「見過」，那空運來的解剖的「冷凍蝦」如何在水中移動。我當然見過那種可以拿來炸蝦餅的小蝦，還在河邊抓過來養。當時的印象是往前移動，後來才知曉答案是：「靠它的末端尾扇和腹肢即游泳肢，藉著腹部和尾的彎曲可迅速倒游。」由於沒獲得理想中的成績，我沒申請相關生物學的未來。反而走向另一個領域。當然這殘留在我的探索領域中，對動物產生特別的興趣。在生活中，或森林中，對於生物總特別好奇與關心。對動物的意象也如此。有讀者覺得我作品出現很多的動物與食物。還細數過。〈數夢〉中的老鼠，與〈蛇氏藥房〉的蛇是很有趣的兩種對照。若僅談〈蛇氏藥房〉裡與〈小王子〉的互文性，最主要是當初〈蛇〉完成時，總覺得少了一些甚麼東西，很多東西就耽擱在那邊，「不便」處理，一直到某日聯想起〈小王子〉時，若加入一些〈小〉中的蛇，會產生怎樣的效果？後來發覺，它們蠻契合，又有些東西是不一樣，形成非常有趣的對照，產生另外的生命力。當然事實上可能那是通過漫長的時間，一種記憶的組成與契合，只是等待著那個時間點，讓它們終於在一起的「緣分」。

**問：在《故事總要開始：馬華當代小說選2004-2012》裡，高嘉謙在評析收入其中的黃瑋霜〈羊水〉時，除了點出作品與李永平《大河盡頭》的共通之處，也指出了二〇一三年在〈羊水〉的地域背景、沙巴西南的古納鎮所發生的一樁時事。高嘉謙似乎在隱約鼓勵年輕的馬華作者把目光投注在當下**

**馬來西亞在各領域裡（包括地緣政治、社會文化、宗教等）出現的各種變化。你這本最新的小說集裡涉及宗教極端主義分子、性少數群體等當可算是馬來西亞近期方才得到更多關注的社會群體，而選擇這些創作課題的初衷，是否包含「馬來西亞」或「馬華」的在地元素如何與美學和「文學性」交互影響？**

答：其實都考慮在其中。長期生活在馬來西亞，與身處非自己的家國，還是有創作上選擇的差別。當然還需要視作者本身比較關心的是甚麼事物，站在那個位置去思索、想處理的課題。需要站在國際或本土的角度，去思考書寫的各種元素、語言、翻譯、文化差異，讓讀者看到所謂的馬來西亞或馬華，或更多的事物。

**問：你考慮過獨特的馬華敘事形式會是甚麼樣的嗎？**

答：這讓我反思：為何一定要限制於「馬華」敘事形式？思索的應該會是獨特的小說敘事形式、內容、主題或其它的？由於在馬來西亞這塊土地成長、居住，難免與這塊土地結合在一起。至於馬華不馬華，這好像更偏向寫評論或搞理論的人關心及更注意的事情。創作時，這麼刻意的做法，通常是有意識的學院派作家，喜歡做的事情。不要掉入自己設下的陷阱就好。

最後想告知的是，不要太相信寫小說的人，告知的很多事情。有時相信一半就好，畢竟他們太習慣於小說創作，往往不知不覺把你帶去另一個時空，或許是不自覺的，或許是有意識的，也讓你不自覺，或許他們自己也不自覺。

小說有它自己的樂趣，寫小說，或閱讀小說皆如此。至於樂趣是甚麼，就要視你是怎樣的一個讀者，累積了多少閱讀及人生經驗，讀出怎樣的東西，允許更多想像，與自我參與創作的空間。

二〇一七年八月十五日—十月十日

新鋭文學36　PG1981

新鋭文創
INDEPENDENT & UNIQUE

# 我的老師是恐怖分子

作　　者　許通元
責任編輯　鄭伊庭
圖文排版　周妤靜
封面設計　徐華雲
封面完稿　楊廣榕

出版策劃　新鋭文創
發 行 人　宋政坤
法律顧問　毛國樑　律師
製作發行　秀威資訊科技股份有限公司
114 台北市內湖區瑞光路76巷65號1樓
電話：+886-2-2796-3638　傳真：+886-2-2796-1377
服務信箱：service@showwe.com.tw
http://www.showwe.com.tw
郵政劃撥　19563868　戶名：秀威資訊科技股份有限公司
展售門市　國家書店【松江門市】
104 台北市中山區松江路209號1樓
電話：+886-2-2518-0207　傳真：+886-2-2518-0778
網路訂購　秀威網路書店：https://store.showwe.tw
國家網路書店：https://www.govbooks.com.tw

出版日期　2018年4月　BOD一版
定　　價　260元



Printed in Taiwan

國家圖書館出版品預行編目

我的老師是恐怖分子 / 許通元著. -- 一版. -- 臺北市 : 新銳文創, 2018.04

面； 公分

BOD版

ISBN 978-957-8924-04-8(平裝)

868.757 107002387

# 讀者回函卡

感謝您購買本書，為提升服務品質，請填妥以下資料，將讀者回函卡直接寄回或傳真本公司，收到您的寶貴意見後，我們會收藏記錄及檢討，謝謝！如您需要了解本公司最新出版書目、購書優惠或企劃活動，歡迎您上網查詢或下載相關資料：http:// www.showwe.com.tw

您購買的書名：______________________________

出生日期：________年________月________日

學歷：□高中（含）以下　□大專　□研究所（含）以上

職業：□製造業　□金融業　□資訊業　□軍警　□傳播業　□自由業

□服務業　□公務員　□教職　□學生　□家管　□其它_____

購書地點：□網路書店　□實體書店　□書展　□郵購　□贈閱　□其他

您從何得知本書的消息？

□網路書店　□實體書店　□網路搜尋　□電子報　□書訊　□雜誌

□傳播媒體　□親友推薦　□網站推薦　□部落格　□其他__________

您對本書的評價：（請填代號　1.非常滿意　2.滿意　3.尚可　4.再改進）

封面設計____　版面編排____　內容____　文／譯筆____　價格____

讀完書後您覺得：

□很有收穫　□有收穫　□收穫不多　□沒收穫

對我們的建議：______________________________

______________________________

______________________________

______________________________

請貼
郵票

11466
台北市內湖區瑞光路 76 巷 65 號 1 樓

**秀威資訊科技股份有限公司　　收**

BOD 數位出版事業部

........................................................................................................

（請沿線對折寄回，謝謝！）

姓　　名：＿＿＿＿＿＿＿＿　年齡：＿＿＿＿　性別：□女　□男

郵遞區號：□□□□□

地　　址：＿＿＿＿＿＿＿＿＿＿＿＿＿＿＿＿＿

聯絡電話：(日)＿＿＿＿＿＿＿＿＿(夜)＿＿＿＿＿＿＿＿＿

E-mail：＿＿＿＿＿＿＿＿＿＿＿＿＿＿＿＿＿